Das Buch

Walter Fendrich, der sich in der Nachkriegszeit planlos und kurzfristig als Banklehrling, Verkäufer und Tischlerlehrling versuchte, hat auch seine Elektrikerlehre mehr aus Trotz als aus Begeisterung beendet. Inzwischen findet er seine Existenz als Waschmaschinen-Mechaniker »ganz passabel«. Eines Tages erhält er einen Brief seines Vaters, der ihn bittet, die Tochter eines Kollegen vom Bahnhof abzuholen. Das Zusammentreffen mit der zwanzigjährigen Hedwig, die er zuletzt nur flüchtig als Kind gesehen hatte, wird für Walter zur schicksalhaften Begegnung. Während er mit nie gekannter Entschlossenheit alles daransetzt, Hedwig noch an diesem Tage für sich zu gewinnen, erinnert er sich an die Zeit, als ihn der Hunger quälte und er von einem zwanghaften, gierigen Verlangen nach Brot besessen war. Und er denkt an die Menschen, die ihm dieses Brot schenkten oder verweigerten. – Heinrich Böll gelingt es, kleinbürgerliche Schauplätze, die Atmosphäre der Hungerjahre und der Wirtschaftsblüte im Rahmen einer ungewöhnlichen Liebesgeschichte mit sparsamen Mitteln souverän zu vergegenwärtigen.

Der Autor

Heinrich Böll, am 21.  war nach dem Abitur Studium der Germanistik. Im Krieg sechs Jahre Soldat. Seit 1947 veröffentlichte er Erzählungen, Romane, Hör- und Fernsehspiele, Theaterstücke und war auch als Übersetzer aus dem Englischen tätig. 1972 erhielt Böll den Nobelpreis für Literatur. Er starb am 16. Juli 1985 in Langenbroich/Eifel.

Heinrich Böll:
Das Brot der frühen Jahre

Erzählung

Deutscher
Taschenbuch
Verlag

Von Heinrich Böll sind außerdem
im Deutschen Taschenbuch Verlag erschienen:
In eigener und anderer Sache. Schriften und Reden
1952–1985 (5962; 9 Bände in Kassette)
In Einzelbänden lieferbar:
Zur Verteidigung der Waschküchen (10601)
Briefe aus dem Rheinland (10602)
Heimat und keine (10603)
Ende der Bescheidenheit (10604)
Man muß immer weitergehen (10605)
Es kann einem bange werden (10606)
Die »Einfachheit« der »kleinen« Leute (10607)
Feindbild und Frieden (10608)
Die Fähigkeit zu trauern (10609)

Ungekürzte Ausgabe
August 1978
16. Auflage März 1996
Deutscher Taschenbuch Verlag GmbH & Co. KG,
München
© 1955 Verlag Kiepenheuer & Witsch, Köln
ISBN 3-462-00053-5
Gestaltungskonzept: Max Bartholl, Christoph Krämer
Umschlagbild: ›Kopfsteinpflaster III‹ (1975) von
K. H. Hödicke (Courtesy Galerie Gmyrek, Düsseldorf)
Gesamtherstellung: C. H. Beck'sche Buchdruckerei,
Nördlingen
Printed in Germany · ISBN 3-423-01374-5

Der Tag, an dem Hedwig kam, war ein Montag, und an diesem Montagmorgen, bevor meine Wirtin mir Vaters Brief unter die Tür schob, hätte ich mir am liebsten die Decke übers Gesicht gezogen, wie ich es früher oft tat, als ich noch im Lehrlingsheim wohnte. Aber im Flur rief meine Wirtin: »Es ist Post für Sie gekommen, von zu Hause!« Und als sie den Brief unter die Tür schob, er schneeweiß in den grauen Schatten rutschte, der noch in meinem Zimmer lag, sprang ich erschrocken aus dem Bett, da ich statt des runden Stempels einer Postanstalt den ovalen der Bahnpost erkannte.

Vater, der Telegramme haßt, hat mir in den sieben Jahren, die ich allein hier in der Stadt lebe, nur zwei solcher Briefe mit dem Stempel der Bahnpost geschickt: Der erste kündigte Mutters Tod an, der zweite Vaters Unfall, als er beide Beine brach – und dieser war der dritte; ich riß ihn auf und war erleichtert, als ich ihn las: »Vergiß nicht«, schrieb Vater, »daß Mullers Tochter Hedwig, für die Du das Zimmer besorgtest, heute mit dem Zug ankommt, der 11.47 dort einläuft. Sei nett, hole sie ab und denke daran, ein paar Blumen zu kaufen und freundlich zu sein. Versuche Dir vorzustellen, wie es solch einem Mädchen zumute ist: Sie kommt zum erstenmal allein in die Stadt, sie kennt die Straße, kennt den Stadtteil nicht, wo sie wohnen wird, alles ist ihr fremd, und der große Bahnhof mit dem Rummel um die Mittagszeit wird sie erschrecken. Bedenke: Sie ist zwanzig Jahre alt und kommt in die Stadt, um Lehrerin zu werden. Schade, daß Du Deine Sonntagsbesuche bei mir nicht mehr regelmäßig machen kannst – schade. Herzlich Vater.«

Später dachte ich oft darüber nach, wie alles gekommen wäre, wenn ich Hedwig nicht am Bahnhof abgeholt hätte: Ich wäre in ein anderes Leben eingestiegen, wie man aus Versehen in einen anderen Zug einsteigt, ein Leben, das mir damals, bevor ich Hedwig kannte, als ganz passabel erschien. So nannte ich es jedenfalls, wenn ich mit mir selbst darüber sprach, aber dieses Leben, das für mich bereitstand wie der Zug auf der anderen Seite des Bahnsteigs, der Zug, den man fast genommen hätte, dieses Leben lebe ich jetzt in meinen Träumen, und ich weiß, daß die Hölle geworden wäre, was mir damals ganz passabel erschien: Ich sehe mich in diesem Leben herumstehen, sehe mich lächeln, höre mich reden, wie man im Traum einen Zwillingsbruder, den man nie gehabt hat, lächeln sehen und reden hören mag; den, der vielleicht für den Bruchteil einer Sekunde angelegt war, ehe der Same, der ihn trug, unterging.

Ich wunderte mich damals, daß Vater diesen Brief als Eilbrief geschickt hatte, und ich wußte noch nicht, ob ich Zeit haben würde, Hedwig abzuholen, denn seitdem ich mich auf die Reparaturen und die Überwachung automatischer Waschmaschinen spezialisiert habe, sind die Wochenenden und die Montage unruhig. Gerade an Samstagen und Sonntagen, wenn sie dienstfrei haben, spielen die Ehemänner an den Waschmaschinen herum, weil sie sich von der Qualität und Arbeitsweise dieser kostbaren Anschaffung überzeugen wollen, und ich sitze am Telefon und warte auf Anrufe, die mich oft in entlegene Vororte bestellen. Schon wenn ich die Häuser betrete, rieche ich den brandigen Geruch zerschmorter Kontakte oder Kabel, oder ich finde Maschinen vor, aus denen der Seifenschaum wie in Trickfilmen hervorquillt, finde zerknirschte Männer, weinende Frauen, die von den wenigen Knöpfen, die sie zu drücken haben, einen zu drücken vergessen oder einen zweimal gedrückt haben; ich genieße dann meine eigene Lässigkeit, mit der ich die Werkzeugtasche öffne, prüfe mit gestülpten Lippen den Schaden, hantiere ruhig an Schaltern, Hebeln und Verbindungen herum und erkläre freundlich lächelnd, während ich die vorschriftsmäßige Mischung Seifenpulver herstelle, nochmals den Arbeitsgang der Maschine, lasse sie dann laufen, und während ich mir die Hände wasche, höre ich mir höflich die dilettantischen Fachsimpeleien des Hausherrn an, der glücklich ist, seine technischen Kenntnisse ernstgenommen zu sehen. Wenn ich mir dann die Arbeitsstunden und Fahrtkilometer quittieren lasse, blickt man meistens nicht so genau hin, und ich steige gelassen in mein Auto und fahre zur nächsten Alarmstelle.

Zwölf Stunden Arbeit, auch am Sonntag, und hin und wieder ein Treffen mit Wolf und Ulla im Café Joos; an den Sonntagen eine Abendmesse, zu der ich meistens zu spät kam, und wo ich dann ängstlich an den Bewegungen des Priesters ablas, ob die Opferung nicht schon begonnen habe; mein erleichtertes Aufseufzen, wenn sie noch nicht begonnen hatte, und ich war müde in irgendeine Bank gesunken, manchmal eingeschlafen und erst wach geworden, wenn die Ministranten zur Wandlung klingelten. Es hatte Stunden gegeben, in denen ich mich selbst haßte, meine Arbeit, meine Hände.

Ich war müde an diesem Montagmorgen, es lagen noch sechs Anrufe vom Sonntag vor, und ich hörte meine Wirtin in der Diele am Telefon sagen: »Ja, ich werde es ihm ausrichten.« Ich setzte mich aufs Bett, rauchte und dachte an Vater.

Ich sah, wie er abends durch die Stadt gegangen war, um den Brief in den Zug zu werfen, der um zehn in Knochta hält; ich sah ihn über den Platz an der Kirche gehen, an Mullers Haus vorüber, durch die schmale Allee mit den verkrüppelten Bäumen; wie er dann, um den Weg abzukürzen, das große Tor des Gymnasiums aufschloß, durch die dunkle Toreinfahrt auf den Schulhof trat, an der gelbgetünchten Hinterfront des Schulgebäudes hochblickte zu seiner Unterprima, vorbei an dem Baum in der Mitte des Hofes, der nach dem Urin des Hausmeisterhundes stinkt, und ich sah Vater das kleine Tor aufschließen, das jeden Morgen von fünf vor acht bis acht für die Fahrschüler geöffnet wird, die aus dem gegenüberliegenden Bahnhof stürzen, während Hohnscheid, der Hausmeister, neben dem Tor steht, um achtzugeben, daß keiner von den Schülern, die in der Stadt wohnen, durch das Fahrschülertor sich einschleicht. Alfred Gruhs etwa, der Sohn des Bahnhofsvorstehers, der den langen und öden Weg um den ganzen Häuserblock machen mußte, weil er kein Fahrschüler war. An Sommerabenden hängt die Sonne rot in den blanken Scheiben der Klassenräume. Als ich das letzte Jahr in Knochta verbrachte, bin ich oft abends mit Vater diesen Weg gegangen, wenn wir Briefe oder Pakete für Mutter an den Zug brachten, der aus der Gegenrichtung kam und um halb elf dann in Brochen, wo Mutter im Krankenhaus lag, hielt.

Meistens hatte Vater auf dem Rückweg auch diesen Weg über den Schulhof gewählt, weil er eine Abkürzung um vier Minuten bedeutete, den Umweg um jenen häßlichen Häuserblock ersparte, und weil Vater meistens ein Buch oder Hefte zu holen hatte.

Mit der Erinnerung an diese Sommersonntagabende im Gymnasium fiel es wie eine Lähmung über mich: Graue Dunkelheit lag in den Fluren, einzelne, einsame Mützen hingen an den Kleiderhaken vor den Klassenzimmern, der

Boden war frisch geölt, die Silberbronze am Denkmal für die Gefallenen glimmerte matt neben dem schneeweißen, großen Viereck, wo sonst das Hitlerbild gehangen hatte, und blutrot leuchtete Scharnhorsts Kragen neben dem Lehrerzimmer. Einmal versuchte ich, ein gestempeltes Zeugnisformular, das auf dem Tisch des Lehrerzimmers lag, einzustecken, aber das Formular war so feierlich steif und raschelte so sehr, als ich es zusammenfalten und unters Hemd schieben wollte, daß Vater, der an einem Schrank stand, sich umwandte, es mir zornig aus der Hand nahm und auf den Tisch zurückwarf. Er versuchte nicht es zu glätten, schimpfte auch nicht mit mir, aber von da an mußte ich immer draußen im Flur auf ihn warten, allein mit Scharnhorsts blutrotem Kragen und allein mit der Röte von Iphigenies Lippen, deren Bild neben der Oberprima hing, und es blieb mir nichts als die dunkelgraue Dunkelheit im Flur und hin und wieder ein Blick durch den Spion in die Oberprima. Aber auch der Spion gab nur den Blick in dunkelgraue Dunkelheit frei. Einmal fand ich ein Herz-As auf dem frisch geölten Boden: Das Rot war dasselbe wie von Iphigenies Lippen und Scharnhorsts Kragen, und durch den Geruch des frischen Öls hindurch roch ich den der Schulspeisung. Vor den Klassenzimmern sah ich deutlich die kreisrunden Spuren der heißen Kanister im Linoleum, und dieser Suppengeruch, der Gedanke an den Kanister, der am Montagmittag vor unserer Klasse stehen würde, weckte meinen Hunger, den das Rot aus Scharnhorsts Kragen, das Rot von Iphigenies Lippen und das Rot des Herz-As nicht zu stillen vermochten. Wenn wir auf dem Heimweg waren, bat ich Vater, doch bei Fundahl, dem Bäckermeister, eben hineinzusehen, guten Abend zu sagen und beiläufig nach einem Brot zu fragen oder nach einem Rest des dunkelgrauen Kuchens, dessen Marmeladeschicht so rot war wie Scharnhorsts Kragen. Ich sprach Vater, während wir durch die stillen, dunklen Straßen nach Hause gingen, den ganzen Dialog vor, den er mit Fundahl führen sollte – um unserem Besuch den Schein der Zufälligkeit zu geben. Ich wunderte mich selbst über meine Erfindungsgabe, und je näher wir Fundahls Laden kamen, um so dringender wurden meine Vorstellungen, um so besser wurde der imaginäre Dialog, den Vater mit Fundahl hätte führen sollen. Vater schüttelte den Kopf, weil Fundahls Sohn in seiner Klasse und ein schlechter Schüler war, aber wenn wir Fundahls Haus erreicht hatten, blieb er stehen, zögernd. Ich wußte, wie schwer es für ihn war, bohrte aber weiter, und jedesmal machte Vater eine so eckige Wendung, wie sie Soldaten in den Lustspielfilmen machen, trat in die Tür und klingelte bei Fundahls: Sonntagabend um zehn, und es spielte sich immer wieder dieselbe stumme Szene ab: Irgend jemand öffnete, aber niemals Fundahl selbst, und Vater war zu verlegen und zu erregt, um auch nur guten Abend zu sagen, und Fundahls Sohn, seine Tochter oder seine Frau, wer immer auch in der Tür stand, rief nach rückwärts in den dunklen Flur: »Vater, der Herr Studienrat.« Und Vater wartete stumm, während ich hinter ihm stehenblieb und die Gerüche des Fundahlschen Abendessens registrierte: Es roch nach Braten oder geschmortem Speck, und wenn die Tür zum Keller offenstand, roch ich den Brotgeruch. Dann erschien Fundahl, er ging in den Laden, brachte ein Brot, das er nicht einwickelte, hielt es Vater hin, und Vater nahm es, ohne etwas zu sagen. Beim erstenmal hatten wir weder Aktentasche noch Papier bei uns, und Vater trug das Brot unter dem Arm nach Hause, während ich stumm neben ihm herging und seinen Gesichtsausdruck beobachtete: Es war immer ein heiteres stolzes Gesicht, und es war nichts davon zu sehen, wie schwer es ihm geworden war. Als ich ihm das Brot abnehmen wollte, um es zu tragen, schüttelte er freundlich den Kopf, und später, wenn wir wieder sonntags abends an den Bahnhof gingen, um die Post für Mutter in den Zug zu werfen, sorgte ich immer dafür, daß wir eine Aktentasche mithatten. Es kamen Monate, in denen ich mich schon dienstags auf dieses Extrabrot zu freuen anfing, bis an einem Sonntag plötzlich Fundahl selbst uns die Tür öffnete, und ich sah seinem Gesicht gleich an, daß wir kein Brot bekommen würden: Die großen dunklen Augen waren hart, das schwere Kinn wie das einer Denkmalsfigur, und er bewegte die Lippen kaum, als er sagte: »Ich kann Brot nur auf Marken abgeben und auch auf Marken nicht am Sonntagabend.« Er schlug uns die Tür vor der Nase zu, dieselbe Tür, die heute der Eingang zu einem Café ist, in dem der örtliche Jazzclub tagt. Ich hatte das blutrote Plakat gesehen: strahlende Neger, die ihre Lippen auf die goldenen Mundstücke von Trompeten pressen.

Damals dauerte es einige Sekunden, bis wir uns gefaßt hatten und nach Hause gingen, ich mit der leeren Aktentasche, deren Leder so schlaff wie das eines Einkaufsbeutels war. Vaters Gesicht war nicht anders als sonst: stolz und heiter. Er sagte: »Ich habe seinem Sohn gestern eine Fünf geben müssen.«

Ich hörte meine Wirtin in der Küche Kaffee mahlen, hörte die leisen und freundlichen Ermahnungen, die sie ihrer kleinen Tochter gab – und ich hatte immer noch Lust, ins Bett zurückzugehen und die Decke über den Kopf zu ziehen: Noch entsann ich mich, wie schön es gewesen war: im Lehrlingsheim hatte ich es so gut verstanden, meinen Mund elend zu verziehen, daß der Heimleiter, Kaplan Derichs, mir Tee und einen Wärmebeutel ans Bett bringen ließ, und ich fiel, wenn die anderen zum Frühstück hinuntergegangen waren, in den Schlaf zurück und wurde erst wach, wenn gegen elf die Reinemachefrau kam, um den Schlafsaal aufzuräumen. Sie hieß Wietzel, und ich hatte Angst vor ihrem harten, blauen Blick, Angst vor der Rechtschaffenheit dieser starken Hände, und während sie die Bettücher zurechtzog, die Decken faltete – mein Bett meidend wie das Bett eines Aussätzigen –, stieß sie immer wieder jene Drohung aus, die mir heute noch schrecklich in den Ohren klingt: »Aus dir wird nichts – nichts wird aus dir ...«, und ihr Mitleid, als dann Mutter gestorben war und alle freundlich zu mir waren, ihr Mitleid war mir noch schlimmer. Doch als ich nach Mutters Tod wiederum den Beruf und die Lehrstelle wechselte und tagelang im Heim herumhockte, bis der Kaplan eine neue Stelle für mich gefunden hatte – ich schälte Kartoffeln oder stand mit einem Kehrbesen in der Hand auf den Fluren herum –, in jenen Tagen war ihr Mitleid schon wieder verschwunden, und sooft sie mich erblickte, stieß sie ihre Prophezeiung aus: »Aus dir wird nichts – nichts wird aus dir.« Ich hatte Angst vor ihr wie vor einem Vogel, der einen krächzend verfolgt, und flüchtete mich in die Küche, wo ich mich unter dem Schutz von Frau Fechter sicher wußte: Ich half ihr Kohl einmachen und verdiente mir manche Extraportion Pudding, indem ich die Weißkohlköpfe über den großen Hobel schob und mich von der Süße der Lieder einlullen ließ, die die Küchenmädchen sangen. Beim Singen mußten Stellen, die Frau Fechter für unsittlich hielt – Stellen wie: »Und er liebte sie in der großen dunklen Nacht« –, durch Summen übermalt werden. Aber der Weißkohlhaufen nahm schneller ab, als ich gedacht hatte, und es blieben noch zwei fürchterliche Tage, die ich – mit dem Kehrbesen in der Hand – unter Frau Wietzels Befehl zu verbringen hatte. Dann fand der Kaplan für mich die Stelle bei Wickweber, und nachdem ich Banklehrling, Verkäuferlehrling und Tischlerlehrling gewesen war, fing ich als Elektriker bei Wickweber an. Neulich, sieben Jahre nach dieser Zeit im Lehrlingsheim, sah ich Frau Wietzel an einer Straßenbahnstation stehen, und ich stoppte meinen Wagen, stieg aus und bot ihr an, sie in die Stadt zu bringen. Sie nahm an, doch als ich sie vor ihrer Wohnung absetzte, sagte sie herzlich: »Ich danke auch schön – aber ein Auto bedeutet noch lange nicht, daß aus einem was geworden ist …«

Ich zog die Decke nicht über den Kopf und ersparte es mir zu entscheiden, ob Frau Wietzel recht behalten habe oder nicht, denn ob aus mir etwas geworden war oder nicht – es war mir gleichgültig.

Als meine Wirtin mit dem Frühstück kam, saß ich immer noch auf der Bettkante. Ich gab ihr Vaters Brief, und sie las ihn, während ich Kaffee eingoß und mir ein Brot zurechtmachte.

»Natürlich«, sagte sie, »werden Sie hingehen«, und sie legte den Brief aufs Tablett neben die Zuckerdose. »Sie werden nett sein und das Mädchen zum Essen einladen. Denken Sie daran, daß diese jungen Mädchen meistens mehr Hunger haben, als sie zugeben.«

Sie ging hinaus, weil das Telefon klingelte, und ich hörte sie wieder sagen: »Ja, ja, ich werde es ihm ausrichten – ja –«, und sie kam zurück und sagte: »Eine Frau in der Kurbelstraße hat angerufen, sie hat am Telefon geweint, weil sie mit der Maschine nicht fertig wird. Sie bittet Sie, doch gleich zu kommen.«

»Ich kann nicht«, sagte ich, »ich muß erst die gestrigen Anrufe erledigen.«

Meine Wirtin zuckte die Schultern und ging; ich frühstückte, wusch mich und dachte an Mullers Tochter, die ich gar nicht kannte. Sie hatte schon im Februar in die Stadt kommen sollen, und ich hatte über ihres Vaters Brief gelacht, über seine Schrift, die ich noch von Zensuren unter meinen mißglückten Englischarbeiten her kannte, und über seinen Stil.

»Meine Tochter Hedwig«, schrieb Muller damals, »wird im Februar in die Stadt ziehen, um auf der Pädagogischen Akademie ihr Studium zu beginnen. Ich wäre Ihnen dankbar, wenn Sie mir behilflich sein könnten, ein Zimmer für sie zu finden. Gewiß werden Sie sich meiner nicht mehr genau erinnern: Ich bin Leiter der Hoffmann-von-Fallersleben-Schule, auf der auch Sie einige Jahre hindurch Ihre Studien trieben« – auf diese vornehme Weise drückte er die Tatsache aus, daß ich mit sechzehn Jahren, nachdem ich zum zweitenmal in der vierten Klasse sitzengeblieben war, als gescheiterter Untertertianer die Schule verließ –, »doch vielleicht«, so schrieb Muller weiter, »entsinnen Sie sich meiner gar, und ich hoffe, daß meine Bitte Ihnen nicht allzu viele Unannehmlichkeiten machen wird. Der Raum für meine Tochter sollte nicht zu anspruchsvoll, doch auch nicht häßlich sein, möglichst nicht weit von der Pädagogischen Akademie entfernt, doch – wenn es eben zu arrangieren ist – nicht in einem der Stadtteile mit Vorstadtcharakter, und außerdem erlaube ich mir zu betonen, daß das Zimmer auf jeden Fall preiswert sein muß.« Während der Lektüre dieses Briefes war Muller für mich zu einer ganz anderen Person geworden, als sie in meiner Erinnerung lebte: Ich hatte ihn als nachgiebig und vergeßlich, als fast ein wenig schlampig in Erinnerung, aber nun kam das Bild eines Pedanten und Knickers herauf, das nicht zu meiner Erinnerung an ihn paßte.

Schon das Wort »preiswert« genügte, um mich ihn, den ich keineswegs als hassenswert in Erinnerung hatte, hassen zu machen, denn ich hasse das Wort preiswert. Auch mein Vater weiß von Zeiten zu erzählen, in denen ein Pfund Butter eine Mark, ein möbliertes Zimmer mit Frühstück zehn Mark kostete, Zeiten, in denen man mit dreißig Pfennigen in der Tasche mit einem Mädchen tanzen gehen konnte, und im Zusammenhang mit Erzählungen aus diesen Zeiten wird das Wort preiswert immer mit einem anklagenden Unterton ausgesprochen, als sei der, dem's erzählt wird, schuld daran, daß die Butter jetzt das Vierfache kostet. Ich habe den Preis für alle Dinge erfahren müssen – weil ich ihn nie zahlen konnte –, als ich als sechzehnjähriger Lehrling allein in die Stadt kam: Der Hunger lehrte mich die Preise; der Gedanke an frisch gebackenes Brot machte mich ganz dumm im Kopf, und ich streifte oft abends stundenlang durch die Stadt und dachte nichts anderes als: Brot. Meine Augen brannten, meine Knie waren schwach, und ich spürte, daß etwas Wölfisches in mir war. Brot. Ich war brotsüchtig, wie man morphiumsüchtig ist. Ich hatte Angst vor mir selbst, und immer dachte ich an den Mann, der einmal im Lehrlingsheim einen Lichtbildervortrag über eine Nordpolexpedition gehalten und uns erzählt hatte, daß sie frisch gefangene Fische lebend zerrissen und roh verschlungen hätten. Noch jetzt oft, wenn ich mein Geld abgeholt habe und dann mit den Scheinen und Münzen in der Tasche durch die Stadt gehe, überkommt mich die Erinnerung an die wölfische Angst jener Tage, und ich kaufe Brot, wie es frisch in den Fenstern der Bäckereien liegt: zwei kaufe ich, die mir besonders schön erscheinen, dann im nächsten Laden wieder eins, und kleine, braune, knusprige Brötchen, viel zu viele, die ich dann später meiner Wirtin in die Küche lege, weil ich nicht den vierten Teil des gekauften Brotes essen kann und mich der Gedanke, das Brot könne verderben, mit Angst erfüllt.

Am schlimmsten waren für mich die Monate kurz nach Mutters Tod gewesen: Ich hatte keine Lust, die Elektrikerlehre fortzusetzen, aber ich hatte schon so vieles versucht: ich war Banklehrling, Verkäufer, Tischlerlehrling gewesen: alles immer für genau zwei Monate, und ich haßte auch diesen neuen Beruf, haßte meinen Meister so sehr, daß mir oft schwindlig wurde, wenn ich abends in der überfüllten Straßenbahn ins Lehrlingsheim zurückfuhr; aber ich hielt die Lehre durch, weil ich mir vorgenommen hatte, es ihnen zu zeigen. Viermal in der Woche durfte ich abends ins St.-Vinzenz-Hospital kommen, wo eine entfernte Verwandte von Mutter Küchenschwester war: Dort bekam ich Suppe, manchmal auch Brot, und ich fand auf der Bank vor dem Küchenschalter jedesmal vier oder fünf andere Hungrige vor, meistens waren es alte Männer, die ihre zitternden Hände zum Schalter hin ausstreckten, wenn die Klappe geöffnet und die runden Arme von Schwester Clara sichtbar wurden, und ich mußte an mich halten, um ihr die Suppenschale nicht aus der Hand zu reißen. Diese Suppenausgabe fand immer spät statt, wenn die Kranken längst schliefen – man wollte ihren Argwohn nicht wecken, als würde hier mit ihrer Zuteilung eine unangebrachte Barmherzigkeit getrieben, und in dem Flur, in dem wir hockten, brannten nur zwei 15-Watt Glühbirnen, die unser Mahl beleuchteten. Oft wurde unser Schlürfen unterbrochen, die Klappe ein zweites Mal zurückgeschoben, und Schwester Clara schob Teller voller Pudding in die Öffnung: Dieser Pudding war immer rot, so knallig rot wie die Zuckerstangen, die es auf Rummelplätzen gibt, und wenn wir zum Schalter stürzten, stand Schwester Clara hinten in der Küche, kopfschüttelnd, seufzend, meistens den Tränen nahe. Sie sagte dann: »Wartet«, ging noch einmal in die Küche zurück und kam mit einer Kanne voll Soße zurück: schwefelgelb war die Soße, so gelb wie die Sonne auf Bildern von Sonntagsmalern ist. Und wir aßen die Suppen, aßen den Pudding – aßen die Soße und warteten, ob der Schalter sich noch einmal öffnen würde: manchmal gab es noch ein Stück Brot – und einmal im Monat verteilte Schwester Clara ihre Zigarettenration an uns: Jeder bekam eins oder zwei von diesen kostbaren weißen Stäbchen – meistens aber öffnete Schwester Clara den Schalter nur, um uns zu sagen, daß sie nichts mehr habe. Jeden Monat wurden die Gruppen, die Schwester Clara auf diese Weise speiste, gewechselt, und wir kamen dann in die andere Gruppe, die viermal wöchentlich kommen durfte, und dieser vierte Tag war der Sonntag: Und an Sonntagen gab es manchmal Kartoffeln mit Bratensoße, und ich wartete so sehnsüchtig auf das Ende eines Monats, um in die andere Gruppe zu kommen, so sehnsüchtig, wie ein Gefangener auf das Ende seiner Gefangenschaft wartet.

Seit damals hasse ich das Wort »preiswert«, weil ich es immer aus dem Munde meines Meisters hörte: Wickweber war wohl das, was man einen rechtschaffenen Mann nennt, er war tüchtig, verstand sein Handwerk, war auf seine Weise sogar gutmütig. Ich war noch nicht ganz sechzehn, als ich zu ihm in die Lehre kam. Er hatte damals zwei Gehilfen und vier Lehrlinge, außerdem einen Meister, der aber war meistens in der kleinen Fabrik, die Wickweber damals gerade anfing. Stattlich war Wickweber, gesund und fröhlich, und nicht einmal seine Frömmigkeit entbehrte der sympathischen Züge. Anfangs mochte ich ihn einfach nicht, aber zwei Monate später haßte ich ihn nur um der Gerüche willen, die aus seiner Küche kamen: Es roch nach Dingen, die ich noch nie geschmeckt hatte: nach frisch gebackenem Kuchen, nach Braten und heißem Schmalz, und dieses Vieh, das in meinen Eingeweiden wühlte, der Hunger – für ihn waren diese Gerüche unerträglich: Er bäumte sich auf, sauer und heiß stieß es in mir auf, und ich fing an, Wickweber zu hassen, weil ich mit zwei Scheiben Brot, die mit roter Marmelade zusammengeklebt waren, morgens zur Arbeit fuhr und mit einem Kochgeschirr voll kalter Suppe, die ich mir auf irgendeiner Baustelle hätte wärmen sollen, die ich aber meistens schon auf dem Wege zur Arbeit verschlang. Wenn ich dann zur Arbeit kam, klapperte das leere Kochgeschirr in meiner Werkzeugtasche, und ich rechnete damit, daß irgendeine Kundin mir Brot, einen Teller Suppe oder sonst etwas Eßbares geben würde. Meistens bekam ich etwas. Ich war damals scheu, sehr still, ein großer und schmaler Bengel, und niemand schien etwas zu wissen, etwas zu spüren von dem Wolf, der in mir hauste. Einmal hörte ich eine Frau, die nicht wußte, daß ich ihr zuhörte, von mir sprechen; sie sprach lobend von mir und sagte zum Schluß: »Er sieht so vornehm aus.« Schön, dachte ich damals, du siehst also vornehm aus, und ich fing an, mich eingehender im Spiegel zu betrachten, der im Waschraum des Lehrlingsheimes hing: Ich betrachtete mein blasses, längliches Gesicht, schob die Lippen vor und wieder zurück und dachte: So sieht man also aus, wenn man vornehm aussieht. Und ich sagte laut zu meinem eigenen Gesicht dort im Spiegel: »Ich möchte etwas zu fressen haben...«

Damals schrieb Vater immer, er würde einmal kommen, um zu sehen, wie ich lebe; aber er ist nicht gekommen. Wenn ich zu Hause war, fragte er mich, wie es in der Stadt sei, und ich mußte ihm vom Schwarzmarkt erzählen, vom Lehrlingsheim, von meiner Arbeit, und er schüttelte hilflos den Kopf, und wenn ich von meinem Hunger sprach – ich sprach nicht oft davon, aber manchmal entschlüpfte es mir –, dann lief Vater in die Küche und holte alles, was an Eßbarem da war: Äpfel, Brot, Margarine, und manchmal stellte er sich hin und schnitt kalte Kartoffeln in die Pfanne, um mir Bratkartoffeln zu machen; einmal kam er hilflos mit einem Kopf Rotkohl aus der Küche und sagte: »Das ist alles, was ich finden kann – ich glaube, man kann Salat daraus machen...«, aber niemals schmeckte mir dann etwas. Ich hatte das Gefühl, ein Unrecht begangen oder mich falsch ausgedrückt, die Zustände in der Stadt auf eine Weise geschildert zu haben, die nicht der Wahrheit entsprach. Ich nannte ihm auch die Preise für Brot, für Butter und für Kohlen – und er erschrak jedesmal, schien es aber auch jedesmal wieder zu vergessen, doch er schickte mir manchmal Geld und schrieb, ich solle mir Brot dafür kaufen, und wenn Vaters Geld kam, ging ich zum Schwarzmarkt, kaufte mir ein ganzes Zwei- oder Dreipfundbrot, frisch aus der Bäckerei, setzte mich damit auf eine Bank oder irgendwo in die Trümmer, brach das Brot in der Mitte durch und aß es mit meinen schmutzigen Händen, indem ich Stücke davon abriß und in den Mund steckte; manchmal dampfte es noch, war innen ganz warm, und ich hatte für Augenblicke das Gefühl, ein lebendes Wesen in den Händen zu haben, es zu zerreißen, und ich dachte an den Mann, der uns den Vortrag über die Nordpolexpedition gehalten und uns erzählt hatte, daß sie lebende Fische zerrissen und roh verschlungen hatten. Oft wickelte ich einen Teil des Brotes in Zeitungspapier, steckte es in meine Werkzeugtasche, aber wenn ich dann hundert Schritte gegangen war, blieb ich stehen, packte es wieder aus und verschlang den Rest, auf der Straße stehend. Wenn es ein Dreipfundbrot gewesen war, war ich so satt, daß ich im Lehrlingsheim mein Abendbrot an einen anderen abtrat und mich gleich ins Bett legte; und ich lag, in

meine Decken gewickelt, allein oben im Schlafsaal, den
Magen voll süßen, frischen Brotes, fast stumpfsinnig vor
Sättigung. Es war dann acht Uhr abends, und ich hatte elf
Stunden Schlaf vor mir, denn auch Schlaf konnte ich nicht
genug kriegen. Vielleicht war Vater damals alles andere als
Mutters Krankheit gleichgültig; ich versuchte jedenfalls,
wenn ich zu Hause war, das Wort Hunger und alle Anspie-
lungen auf meine Nöte zu vermeiden, denn ich wußte und
sah auch, daß Vater viel weniger zu essen hatte als ich: Er
war gelb im Gesicht, mager und abwesend. Wir gingen
dann, um Mutter zu besuchen; auch sie bot mir immer zu
essen an, wenn ich an ihrem Bett saß, Dinge, die sie sich von
den Mahlzeiten abgespart oder von Besuchern mitgebracht
bekommen hatte: Obst oder eine Flasche Milch, ein Stück
Kuchen, aber ich konnte nichts essen, weil ich wußte, daß
sie lungenkrank war und gut essen mußte. Aber sie drängte
mich und sagte, es würde verderben, wenn ich es nicht äße,
und Vater sagte: »Cläre, du mußt essen – du mußt wieder
gesund werden.« Mutter weinte, legte den Kopf zur Seite,
und ich konnte von dem , was sie mir anbot, nichts essen.
Neben ihr im Bett lag eine Frau, in deren Augen ich den
Wolf sah, und ich wußte, daß diese Frau alles essen würde,
was Mutter stehenließ, und ich spürte Mutters heiße Hände
an meinem Arm und sah in ihren Augen die Angst vor der
Gier ihrer Nachbarin. Mutter flehte mich an und sagte:
»Lieber Junge, iß doch, ich weiß doch, daß du Hunger hast,
und ich weiß, wie es in der Stadt ist.« Aber ich schüttelte nur
den Kopf, gab den Druck von Mutters Händen zurück und
flehte sie stumm an, mich nicht mehr zu bitten, und sie
lächelte, sprach nicht mehr vom Essen, und ich wußte, daß
sie mich verstanden hatte. Ich sagte: »Vielleicht wärst du
besser zu Hause, vielleicht wärst du besser in einem anderen
Zimmer«, aber Mutter sagte: »Es gibt keine anderen Zim-

mer, und nach Hause lassen sie mich nicht, weil ich anstek-
kend bin.« Und später, als wir mit dem Arzt sprachen,
Vater und ich, haßte ich den Arzt seiner Gleichgültigkeit
wegen; er dachte an etwas anderes, als er mit uns sprach,
blickte zur Tür oder zum Fenster hinaus, während er Vaters
Fragen beantwortete, und ich sah seinen roten, fein und
sanft geschwungenen Lippen an, daß Mutter sterben
würde. Doch die Frau, die neben Mutter lag, starb früher.
Als wir sonntags mittags kamen, war sie gerade gestorben,
das Bett war leer, und ihr Mann, der die Nachricht eben
bekommen haben mußte, kam ins Krankenzimmer und
suchte im Nachtschrank ihre Habseligkeiten zusammen:
Haarnadeln und eine Puderdose, Unterwäsche und eine
Schachtel Zündhölzer; er tat es stumm und hastig, ohne uns
zu grüßen. Klein war er und mager, sah wie ein Hecht aus,
hatte eine dunkle Haut und kleine, ganz runde Augen, und
als die Stationsschwester kam, schrie er sie an wegen einer
Büchse Fleisch, die er im Nachtschrank nicht gefunden
hatte. »Wo ist das Corned beef?« schrie er, als die Schwester
kam. »Ich habe es ihr gestern gebracht, gestern abend, als
ich von der Arbeit kam, um zehn, und wenn sie in der Nacht
gestorben ist, kann sie es nicht mehr gegessen haben.« Er
fuchtelte mit den Haarnadeln seiner Frau vor dem Gesicht
der Stationsschwester herum, gelblicher Schaum stand in
seinen Mundwinkeln. Er schrie fortwährend: »Wo ist das
Fleisch? Ich will das Fleisch haben – ich schlage die ganze
Bude zusammen, wenn ich die Büchse Fleisch nicht zu-
rückbekomme.« Die Schwester wurde rot, fing an zu
schreien, und ich glaubte ihrem Gesicht anzusehen, daß sie
das Fleisch geklaut hatte. Der Kerl tobte, er warf die Sachen
auf den Boden, stampfte mit den Füßen drauf herum und
schrie: »Ich will das Fleisch haben – Hurenbande, Diebe,
Mörder.« Es dauerte nur wenige Sekunden, dann lief Vater

auf den Flur, um jemand zu holen, und ich stellte mich zwischen die Schwester und den Mann, weil er anfing, auf die Schwester loszuschlagen; aber er war klein und behende, viel flinker als ich, und es gelang ihm die Schwester mit seinen kleinen, dunklen Fäusten gegen die Brust zu schlagen. Ich sah, daß er durch seinen Zorn hindurch grinste, mit gebleckten Zähnen – so wie ich es bei den Ratten gesehen habe, die die Küchenschwester des Lehrlingsheims in der Falle gefangen hatte. »Das Fleisch, du Hure, du«, schrie er – »das Fleisch« –, bis Vater mit zwei Wärtern kam, die ihn packten und in den Flur schleppten, aber noch durch die geschlossene Tür hindurch hörten wir ihn schreien: »Ich will das Fleisch wiederhaben, ihr Diebe.«

Als es draußen still wurde, blickten wir uns an, und Mutter sagte ruhig: »Jedesmal, wenn er kam, hatten sie Streit wegen des Geldes, das sie ihm gab, um Lebensmittel zu kaufen; er schrie sie immer an und sagte, die Preise seien wieder gestiegen, und sie glaubte ihm nie; es war sehr häßlich, was sie sich sagten, aber sie gab ihm immer wieder das Geld.« Mutter schwieg, blickte zum Bett der Verstorbenen hin und sagte leise: »Sie waren zwanzig Jahre miteinander verheiratet, und im Krieg ist ihr einziger Sohn gefallen. Manchmal nahm sie das Foto unter dem Kopfkissen heraus und weinte. Es liegt noch da, auch ihr Geld. Er hat es nicht gefunden. Und das Fleisch«, sagte sie noch leiser, »das Fleisch hat sie noch gegessen.« Und ich versuchte mir vorzustellen, wie das gewesen sein mußte: die dunkle, gierige Frau, schon im Sterben, wie sie in der Nacht neben Mutter lag und das Fleisch aus der Büchse aß.

Vater schrieb mir oft in den Jahren nach Mutters Tod, immer öfter, und seine Briefe wurden immer länger. Meistens schrieb er, er würde kommen, um zu sehen, wie ich lebe, aber er kam nie, und ich lebte sieben Jahre lang allein in der Stadt. Damals nach Mutters Tod schlug er mir vor, meine Lehrstelle zu wechseln und eine in Knochta zu suchen, aber ich wollte in der Stadt bleiben, weil ich anfing, mich zurechtzufinden; weil ich anfing, hinter Wickwebers Schliche zu kommen, und mir daran lag, die Lehre bei ihm zu beenden. Auch hatte ich ein Mädchen kennengelernt, das Veronika hieß; sie arbeitete in Wickwebers Büro, sie war blond und strahlend, ich war oft mit ihr zusammen; wir gingen an Sommerabenden zusammen am Rhein spazieren oder Eis essen, und ich küßte sie, wenn wir im Dunkeln ganz unten auf den blauen Basaltsteinen der Kaimauer saßen, wo unsere bloßen Füße im Wasser hingen. Wenn die Nächte klar waren, wir den Strom übersehen konnten, schwammen wir auf das Wrack hinaus, das mitten im Strom lag, setzten uns auf die eiserne Sitzbank, auf der früher abends der Schiffer mit seiner Frau gesessen hatte; die Wohnung, die hinter der Bank gelegen hatte, war längst abmontiert, wir konnten uns nur gegen eine Eisenstange lehnen. Unten im Schiff gurgelte das Wasser. Ich traf Veronika seltener, nachdem Wickwebers Tochter die Arbeit in dem Büro übernommen hatte und Veronika entlassen worden war. Ein Jahr später heiratete sie einen Witwer, der ein Milchgeschäft hat, nicht weit von der Straße entfernt, in der ich jetzt wohne. Wenn mein Auto überholt wird und ich mit der Straßenbahn fahre, sehe ich Veronika hinten in ihrem Laden: Sie ist immer noch blond und strahlend, aber ich sehe in ihrem Gesicht die sieben Jahre, die seitdem vergangen sind. Sie ist dick geworden, und Kinderwäsche hängt auf der Leine hinten im Hof: rosa, die wird für ein kleines Mädchen, und blaue, die wird für den Jungen sein. Einmal stand die Tür offen, und ich sah sie hinten im Laden mit ihren großen, schönen Händen Milch ausschöpfen. Manchmal hatte sie mir Brot mitgebracht von einem Vetter, der in einer Brotfabrik arbeitete; Veronika hatte darauf bestanden, mich zu füttern, und jedesmal, wenn sie mir ein Stück Brot gab, hatte ich diese Hände nah vor meinen Augen gehabt. Doch einmal hatte ich ihr den Ring von Mutter gezeigt und hatte in ihren Augen dasselbe gierige Licht gesehen, das in den Augen der Frau gewesen war, die neben Mutter im Krankenhaus gelegen hatte.

Ich habe in diesen sieben Jahren die Preise zu genau erfahren, um das Wort preiswert noch zu mögen: Nichts ist preiswert, und die Brotpreise sind immer um ein weniges zu hoch.

Ich hatte mich zurechtgefunden – so nennt man es wohl: Ich beherrschte meine speziellen Kenntnisse so gut, daß ich für Wickweber längst nicht mehr die preiswerte Arbeitskraft war, die ich drei Jahre lang für ihn gewesen bin. Ich habe ein kleines Auto, habe es sogar bezahlt, und ich habe seit Jahren auf die Kaution hin gespart, die ich bereit haben möchte, um von Wickweber unabhängig zu sein und jederzeit zur Konkurrenz überwechseln zu können. Die meisten Menschen, mit denen ich zu tun habe, sind freundlich zu mir, ich bin es zu ihnen. Es ist alles ganz passabel. Ich habe meinen eigenen Preis, den meiner Hände, meines technischen Wissens, den einer gewissen Erfahrung, den meines liebenswürdigen Umgangs mit den Kunden (denn man rühmt meinen Charme und meine tadellosen Manieren, die mir besonders zustatten kommen, da ich auch Vertreter für jene Maschinen bin, die im Dunkeln zu reparieren ich gelernt habe) – diesen Preis habe ich immer mehr steigern können, alles ist zum besten mit mir bestellt, und die Brotpreise sind – wie man es so nennt – inzwischen angeglichen. Ich arbeitete zwölf Stunden am Tage, schlief acht, und

24

es blieben mir vier noch zu dem, was man Muße nennt: Ich traf mich mit Ulla, der Tochter meines Chefs, mit der ich nicht verlobt war, jedenfalls nicht in der Form, die sie offiziell nennen, aber es war eine unausgesprochene Selbstverständlichkeit, daß ich sie heiraten würde...

Doch Schwester Clara aus dem Vinzenz-Hospital, die mir Suppe gab, Brot, knallroten Pudding und schwefelgelbe Soße, die mir insgesamt vielleicht zwanzig Zigaretten geschenkt hat – Pudding, der mir heute nicht mehr schmekken, Zigaretten, die ich heute nicht mehr rauchen würde –, Schwester Clara, die längst auf dem Nonnenfriedhof draußen liegt, der Erinnerung an ihr schwammiges Gesicht und an ihre traurigen, wässerigen Augen, wenn sie die Klappe endgültig schließen mußte: Ihr gehört mehr Zärtlichkeit als allen denen, die ich so kennenlernte, wenn ich mit Ulla ausging: ich las in ihren Augen, sah in ihre Hände geschrieben die Preise, die ich ihnen hätte zahlen müssen; ich zauberte den Charme von mir weg, nahm die Kostüme, nahm die Gerüche von ihnen weg, diese ganze Grandezza, die so preiswert ist...und ich weckte den Wolf, der immer noch in mir schlief, den Hunger, der mich die Preise lehrte: ich hörte ihn knurren, wenn ich beim Tanz meinen Kopf über die Schulter eines schönen Mädchens legte, und ich sah die hübschen kleinen Hände, die auf meinem Arm, auf meiner Schulter ruhten, zu Krallen werden, die mir das Brot entrissen hätten. Nicht viele haben mir etwas geschenkt: Vater, Mutter und manchmal die Mädchen in der Fabrik.

2

Ich trocknete meine Rasierklinge ab an einem jener Lösch-
blätter, von denen ich immer einen Block neben meinem
Waschbecken hängen habe; der Vertreter der Seifenfirma
schenkte sie mir: Der blutrote Mund einer Frau ist diesen
Blättern aufgedruckt, und unter dem blutroten Mund ist zu
lesen: »Bitte wischen Sie Ihren Lippenstift nicht am Handtuch ab«. Es gibt andere Blocks, auf deren Blättern man eine
Männerhand mit einer Rasierklinge ein Handtuch zer-
schneiden sieht, und auf diesen Blättern ist aufgedruckt:
»Nehmen Sie dieses Papier für Ihre Rasierklinge« – aber ich
ziehe zu meinem Gebrauch die mit dem blutroten Mund
vor und schenke die anderen den Kindern meiner Wirtin.

Ich nahm die Kabelrolle, die Wolf abends noch gebracht
hatte, nahm das Geld vom Schreibtisch, wo ich es abends, so
wie ich es aus meinen Taschen zusammensuche, lose hin-
lege, und als ich aus meinem Zimmer ging, klingelte das
Telefon. Meine Wirtin sagte wieder: »Ja, ich werde es ihm
ausrichten« – dann sah sie mich, hielt mir stumm den Hörer
hin; ich schüttelte den Kopf, doch sie nickte so ernst, daß
ich hinging und den Hörer nahm. Eine weinende Frauenstimme sagte etwas, von dem ich nur: »Kurbelstraße –
kommen Sie – kommen Sie bitte« verstand. Ich sagte: »Ja,
ich komme« – und die weinende Frau sagte wieder etwas,
von dem ich nur: »Streit, mein Mann, bitte kommen Sie
sofort« verstand, und ich sagte wieder: »Ja, ich komme«
und hing ein.

»Vergessen Sie die Blumen nicht«, sagte meine Wirtin,
»und denken Sie an das Essen. Es ist gerade um die Mittagszeit.«

Ich vergaß die Blumen; ich fuhr aus einem entfernten Vorort in die Stadt zurück, obwohl ich in einem benachbarten noch hätte eine Reparatur ausführen und so die Fahrtkilometer und die Anfahrtszeit zweimal hätte berechnen können. Ich fuhr schnell, weil es schon halb zwölf war und der Zug um elf Uhr siebenundvierzig kam. Ich kannte diesen Zug: Ich war oft montags mit ihm zurückgekommen, wenn ich Vater besucht hatte. Und auf dem Wege zum Bahnhof versuchte ich, mir das Mädchen vorzustellen.

Vor sieben Jahren, als ich das letzte Jahr zu Hause verbrachte, hatte ich sie ein paarmal gesehen; in jenem Jahr war ich genau zwölfmal in Mullers Haus gewesen: jeden Monat einmal, um die neusprachlichen Arbeitshefte abzugeben, die mein Vater turnusmäßig zu lesen hatte. Säuberlich waren auf der letzten Seite am unteren Rand die Paraphen der drei Neusprachler zu sehen: Mu – das war Muller; zbk – das war Zubanek; und Fen – das war die Paraphe meines Vaters, der mir den Namen Fendrich vererbt hat.

Am deutlichsten entsann ich mich der dunklen Flecken an Mullers Haus: Der grüne Verputz hatte bis an die Fenster des Erdgeschosses hin schwarze Wolken gezeigt von der Bodennässe, die hochstieg; phantastische Gebilde, die mir immer wie Karten aus einem geheimnisvollen Atlas erschienen: zum Sommer hin trockneten sie an den Rändern aus und waren von Kränzen, so weiß wie Aussatz, umgeben, aber auch bei sommerlicher Hitze hatten diese Wolken einen dunkelgrauen Kern behalten. Im Winter und Herbst breitete sich die Feuchtigkeit über diese aussätzigen Ränder hinaus, so wie ein Tintenklecks sich übers Löschblatt schiebt: schwarz und sauer. Auch entsann ich mich gut Mullers pantoffeliger Schludrigkeit, seiner langen Pfeife, der ledernen Buchrücken und der Fotografie im Flur, die Muller als jungen Mann mit einer bunten Studentenmütze zeigte, und unter dieser Fotografie war der Schnörkel der Teutonia oder irgendeiner anderen Onia. Manchmal hatte ich Mullers Sohn gesehen, der zwei Jahre jünger war als ich, irgendwann einmal in meiner Klasse gewesen, nun aber längst über mich hinausgestiegen war. Er war starkknochig, kurz geschoren und sah wie ein junges Büffelkalb aus; er vermied es, länger als eine Minute mit mir zusammen zu sein, denn er war ein lieber Kerl; wahrscheinlich war es ihm peinlich, mit mir zusammen zu sein, weil es ihm schwerfiel, aus seiner Stimme all das herauszuhalten, von dem er glaubte, es müsse mich treffen: Mitleid, Hochmut und jene peinliche, künstliche Jovialität. So beschränkte er sich darauf, mir, wenn ich ihn traf, mit heiserer Munterkeit guten Tag zu sagen und mir den Weg zum Zimmer seines Vaters zu zeigen. Zweimal nur hatte ich ein kleines Mädchen von zwölf oder dreizehn Jahren gesehen: beim ersten Mal spielte sie mit leeren Blumentöpfen im Garten; an der moosgrünen Mauer hatte sie die hellroten, trockenen Töpfe pyramidenförmig aufgestellt und zuckte erschreckt zusammen, als eine Frauenstimme »Hedwig« rief, und es schien, als teile sich ihr Schrecken dem Blumentopfstapel mit, denn der oberste Topf in ihrer Pyramide rollte herunter und zerschellte auf dem nassen, dunklen Zement, mit dem der Hof belegt war.

Ein anderes Mal war sie in dem Flur gewesen, der zu Mullers Zimmer führte: Sie hatte in einem Wäschekorb ein Bett für eine Puppe zurechtgemacht; helles Haar fiel über ihren mageren Kindernacken, der mir in der Diele fast grün erschien, und ich hörte sie über die unsichtbare Puppe hin eine Melodie summen, die mir unbekannt war und der sie in bestimmten Abständen ein einziges Wort unterlegte: Suweija – su – su – su – Suweija, und als ich auf dem Wege zu Mullers Zimmer an ihr vorbeiging, hatte sie aufgeblickt, und ich hatte in ihr Gesicht sehen können: Sie war blaß und mager, und das blonde Haar hing ihr strähnig ins Gesicht. Das mußte sie sein, Hedwig, für die ich jetzt ein Zimmer besorgt hatte.

Solch ein Zimmer, wie ich es für Mullers Tochter suchen mußte, suchen in unserer Stadt vielleicht zwanzigtausend Menschen; solcher Zimmer gibt es aber nur zwei oder gar eins, und es wird von einem jener unerkannten Engel vermietet, die sich hin und wieder unter die Menschen verirren – ich habe ein solches Zimmer, ich habe es gefunden, damals als ich Vater bat, mich aus dem Lehrlingsheim zu nehmen. Mein Zimmer ist groß, mit wenigen alten, aber bequemen Möbeln ausgestattet, und die vier Jahre, die ich darin schon wohne, kommen mir wie eine Unendlichkeit vor: Ich habe die Geburten der Kinder meiner Wirtin erlebt, bin Pate des Jüngsten geworden, weil ich es war, der in der Nacht die Hebamme holte. Wochenlang habe ich in der Zeit, in der ich früh aufstand, Robert die Milch gewärmt, ihm die Flasche gegeben, weil meine Wirtin, von nächtlicher Arbeit erschöpft, morgens lange schlief und ich es nicht über mich brachte, sie zu wecken. Ihr Mann ist einer von denen, die der Welt gegenüber als Künstler gelten, als einer von jenen, die an den Umständen scheitern: Er klagt stundenlang über seine verlorene Jugend, die ihm angeblich der Krieg gestohlen hat. »Wir wurden betrogen«, sagte er, »betrogen um die besten Jahre, die es im Leben eines Menschen gibt, die Jahre zwischen zwanzig und achtundzwanzig«, und diese verlorene Jugend dient ihm als Alibi für allerlei Unsinn, den seine Frau ihm nicht nur verzeiht, sondern sogar ermöglicht: Er malt, entwirft Häuser, komponiert … Nichts davon – so scheint mir jedenfalls – macht er richtig, obwohl es ihm hin und wieder Geld einbringt. In den Räumen der Wohnung hängen seine Entwürfe herum: »Haus für einen Schriftsteller auf den Taunushöhen« – »Haus für einen Bildhauer«, und auf allen diesen Entwürfen wimmelt es von Bäumen, wie Architekten sie malen, und ich hasse Architektenbäume, weil ich sie seit fünf Jahren täglich sehe. Ich schlucke seine Ratschläge, wie man Arzneien schluckt, die einem ein befreundeter Arzt verschreibt. »In dieser Stadt«, sagt er etwa, »in dieser Stadt habe ich, allein hier lebend wie Sie und in Ihrem Alter, Gefahren bestehen müssen, die ich Ihnen nicht gönne«, und ich weiß dann, daß er die Hurenviertel meint.

Der Mann meiner Wirtin ist ganz liebenswürdig, aber – so scheint mir – ein Trottel, dessen einzige Fähigkeit darin besteht, sich die Liebe seiner Frau zu erhalten, der er reizende Kinder zeugte. Meine Wirtin ist groß und blond, und ich war eine Zeitlang so heftig in sie verliebt, daß ich heimlich ihre Schürze, ihre Handschuhe küßte und vor Eifersucht auf diesen Trottel, ihren Mann, nicht schlafen konnte. Aber sie liebt ihn, und es scheint, daß ein Mann nicht tüchtig, nicht erfolgreich zu sein braucht, um von einer solchen Frau, die ich immer noch bewundere, geliebt zu werden. Oft pumpt er mich um wenige Mark an, um in eines dieser Künstlerlokale zu gehen, wo er sich mit wildem Schlips, ungekämmtem Haar wichtig tut, indem er eine ganze Flasche Schnaps leert, und ich gebe ihm das Geld, weil es mir unmöglich ist, seine Frau zu kränken, indem ich ihn demütige. Und er weiß, warum ich ihm das Geld gebe, denn er ist mit jener Schlauheit ausgestattet, ohne die Faulpelze verhungern würden. Er ist einer jener Faulpelze, die sich den Anschein zu geben verstehen, große Improvisatoren zu sein, aber ich glaube nicht einmal, daß er wirklich zu improvisieren versteht.

Mir schien immer, als habe ich eines jener Zimmer erwischt, von denen es nur eins gibt, und um so mehr war ich erstaunt, für Mullers Tochter ein fast ebenso gutes zu finden in der Innenstadt in einem Haus, wo ich die Maschinen eines Waschsalons zu überwachen habe: Ich prüfe die Gummiteile auf ihre Haltbarkeit, erneuere Leitungen, bevor sie durchschleißen, befestige Schrauben, bevor sie sich ganz lockern. Ich liebe die Innenstadt, diese Viertel, die in den letzten fünfzig Jahren ihre Besitzer und Bewohner gewechselt haben wie ein Frack, der, erst zur Hochzeit angezogen, später von einem verarmten Onkel getragen wurde, der sich einen Nebenverdienst als Musiker zu verschaffen wußte; der von dessen Erben versetzt und nicht ausgelöst, im Pfandhaus schließlich bei der Versteigerung von einem Kostümverleiher erworben wurde, der ihn zu mäßigen Preisen an verarmte Patrizier ausleiht, die überraschend zum Empfang irgendeines Ministers eingeladen werden, dessen Staat sie vergebens im Atlas ihres jüngsten Sohnes suchen.

Dort, in dem Haus, in dem jetzt der Waschsalon betrieben wird, hatte ich für Mullers Tochter ein Zimmer gefunden, das fast genau seinen Bedingungen entsprach: Es war geräumig, nicht häßlich möbliert und hatte ein großes Fenster, das den Blick in einen der alten Patriziergärten freigab; mitten in der Stadt war es hier abends nach fünf friedlich und still. –

Ich mietete das Zimmer zum 1. Februar. Dann bekam ich Scherereien, weil Muller mir Ende Januar schrieb, seine Tochter sei krank geworden und könne erst am 15. März kommen, und ob ich nicht erreichen könne, daß das Zimmer zwar freigehalten, die Mietezahlung aber ausgesetzt werde. Ich schrieb ihm einen wütenden Brief und erklärte ihm die Wohnverhältnisse in der Stadt, und dann war ich beschämt, wie demütig er mir antwortete und sich bereit erklärte, die Miete für sechs Wochen zu zahlen.

Ich hatte kaum noch an das Mädchen gedacht, mich nur vergewissert, ob Muller die Miete auch gezahlt hatte. Er hatte sie geschickt, und als ich mich danach erkundigte, hatte die Wirtin mich gefragt, was sie mich schon gefragt hatte, als ich das Zimmer besichtigte. »Ist es Ihre Freundin, ist es bestimmt nicht Ihre Freundin?«

»Mein Gott«, sagte ich ärgerlich, »ich sage Ihnen: Ich kenne das Mädchen gar nicht.«

»Ich dulde nämlich nicht«, sagte sie, »daß ...«

»Ich weiß«, sagte ich, »was Sie nicht dulden, aber ich sage Ihnen, ich kenne das Mädchen nicht.«

»Schön«, sagte sie, und ich haßte sie ihres Grinsens wegen, »ich frage ja nur, weil ich bei Verlobten hin und wieder eine Ausnahme mache.«

»Mein Gott«, sagte ich, »auch noch verlobt. Bitte beruhigen Sie sich.« Aber sie schien nicht beruhigt zu sein.

Ich kam ein paar Minuten zu spät zum Bahnhof, und während ich den Groschen in den Automaten für die Bahnsteigkarte warf, versuchte ich, mich an das Mädchen zu erinnern, das damals »Suweija« gesungen hatte, als ich die neusprachlichen Arbeitshefte durch den dunklen Flur in Mullers Zimmer trug. Ich stellte mich an die Treppe zum Bahnsteig und dachte: blond, zwanzig Jahre, kommt in die Stadt, um Lehrerin zu werden, als ich die Leute, die an mir vorübergingen, musterte, schien es mir, als sei die Welt voller blonder, zwanzigjähriger Mädchen – so viele kamen von diesem Zug her, und sie alle hatten Koffer in der Hand und sahen aus, als kämen sie in die Stadt, um Lehrerin zu werden. Ich war zu müde, um eine von ihnen anzusprechen, steckte eine Zigarette an und ging auf die andere Seite des Aufgangs, und ich sah, daß hinter dem Geländer ein

Mädchen auf einem Koffer hockte, ein Mädchen, das die ganze Zeit über hinter mir gesessen haben mußte: Sie hatte dunkles Haar, und ihr Mantel war so grün wie Gras, das in einer warmen Regennacht geschossen ist, er war so grün, daß mir schien, er müsse nach Gras riechen; ihr Haar war dunkel, wie Schieferdächer nach einem Regen sind, ihr Gesicht weiß, fast grellweiß wie frische Tünche, durch die es ockerfarben schimmerte. Ich dachte, sie sei geschminkt, aber sie war es nicht. – Ich sah nur diesen grellgrünen Mantel, sah dieses Gesicht, und ich hatte plötzlich Angst, jene Angst, die Entdecker empfinden, wenn sie das neue Land betreten haben, wissend, daß eine andere Expedition unterwegs ist, die vielleicht die Flagge schon gesteckt, schon Besitz ergriffen hat; Entdecker, die fürchten müssen, die Qual der langen Reise, alle Strapazen, das Spiel auf Leben und Tod könnte umsonst gewesen sein.

Dieses Gesicht ging tief in mich hinein, drang durch und hindurch wie ein Prägstock, der statt auf Silberbarren auf Wachs stößt, und es war, als würde ich durchbohrt, ohne zu bluten, ich hatte für einen wahnsinnigen Augenblick lang den Wunsch, dieses Gesicht zu zerstören wie der Maler den Stein, von dem er nur einen einzigen Abdruck genommen hat.

Ich ließ die Zigarette fallen und lief die sechs Schritte, die die Breite der Treppe ausmachen. Meine Angst war weg, als ich vor ihr stand. Ich sagte: »Kann ich etwas für Sie tun?«

Sie lächelte, nickte und sagte: » O ja, Sie können mir sagen, wo die Judengasse ist.«

»Judengasse«, sagte ich, und es war mir, wie wenn ich im Traum meinen Namen rufen hörte, ohne ihn als meinen Namen zu erkennen; ich war nicht bei mir, und es schien mir, als begriffe ich, was es heißt, nicht bei sich zu sein.

»Judengasse«, sagte ich, »ja, Judengasse. Kommen Sie.«

Ich sah ihr zu, wie sie aufstand, ein wenig erstaunt den schweren Koffer nahm, und ich war zu benommen, daran zu denken, daß ich ihn hätte tragen müssen; weit entfernt war ich von den beiläufigen Höflichkeiten. Die Erkenntnis, die ich in diesem Augenblick noch gar nicht vollzog, die Erkenntnis, daß sie Hedwig Muller war, die mir wie eine selbstverständliche hätte kommen müssen, als sie »Judengasse« sagte, machte mich fast irre. Irgend etwas war verwechselt oder durcheinander geraten: Ich war so sicher, Mullers Tochter sei blond, sie sei eine von den unzähligen blonden Lehramtskandidatinnen, die an mir vorbeigegangen waren, daß ich dieses Mädchen nicht mit ihr identifizieren konnte, und heute noch kommen mir oft Zweifel, ob sie Hedwig Muller ist, und ich nenne diesen Namen nur zögernd, weil mir scheint, ich müsse den ihren erst finden. »Ja, ja«, sagte ich auf ihren fragenden Blick, »kommen Sie nur«, und ich ließ sie mit dem schweren Koffer vorangehen und folgte ihr zur Sperre.

In dieser halben Minute, in der ich hinter ihr herging, dachte ich daran, daß ich sie besitzen würde und daß ich, um sie zu besitzen, alles zerstören würde, was mich daran hindern könnte. Ich sah mich Waschmaschinen zertrümmern, sie mit einem zehnpfündigen Hammer zusammenschlagen. Ich blickte auf Hedwigs Rücken, ihren Hals, ihre Hände, die blutleer waren vom Tragen des schweren Koffers. Ich war eifersüchtig auf den Bahnbeamten, der ihre Hand einen Augenblick berührte, als sie ihm die Sechserkarte hinhielt – eifersüchtig auf den Boden des Bahnhofs, auf den sie mit ihren Füßen trat. Ich dachte erst daran, ihr den Koffer abzunehmen, als wir fast den Ausgang erreicht hatten. »Verzeihen Sie«, sagte ich, sprang neben sie und nahm ihr den Koffer aus der Hand. »Es ist nett«, sagte sie, »daß Sie gekommen sind, mich abzuholen.« – »Mein

Gott«, sagte ich, »kennen Sie mich?« – »Natürlich«, sagte sie lachend, »Ihr Bild steht auf dem Schreibtisch Ihres Vaters.« – »Sie kennen meinen Vater?« – »Ja«, sagte sie, »ich hatte Unterricht bei ihm.« Ich schob den Koffer hinten ins Auto, stellte ihre Tasche daneben und half ihr beim Einsteigen, und so hielt ich zum erstenmal ihre Hand und ihren Ellenbogen: Es war ein runder, kräftiger Ellenbogen und eine große aber leichte Hand; trocken war die Hand und kühl – und als ich um das Auto herum auf die andere Seite ging, um mich ans Steuer zu setzen, blieb ich vorne vor dem Kühler stehen, öffnete die Haube und tat so, als blicke ich ins Auto; aber ich blickte sie an, die hinter der Scheibe saß: Ich hatte Angst, nicht mehr die Angst, daß jemand anders sie entdecken und erobern könnte, diese Angst war weg, denn ich würde nicht mehr von ihrer Seite weichen, an diesem Tage nicht und nicht in den vielen Tagen, die kommen würden, diese Tage alle, deren Summe Leben heißt. Es war eine andere Angst, die Angst vor dem, was kommen würde: Der Zug, in den ich hatte einsteigen wollen, stand abfahrbereit, er stand unter Dampf, die Mitreisenden waren schon eingestiegen, das Signal schon hochgezogen, und der Mann mit der roten Mütze hatte die Kelle schon erhoben, und alles wartete nur darauf, daß ich, der ich schon auf dem Trittbrett stand, schnell noch ganz einsteigen würde, aber in diesem Augenblick war ich schon abgesprungen. Ich dachte an die vielen offenen Aussprachen, die ich würde ertragen müssen, und ich wußte jetzt, daß ich offene Aussprachen immer gehaßt hatte: endloses, sinnloses Geschwätz und das sinnlose Abwägen von Schuld und Unschuld, Vorwürfe, Gezeter, Anrufe, Briefe, Schuld, die ich auf mich laden würde – Schuld, die ich schon hatte. Ich sah das andere, das ganz passable Leben weiterlaufen wie eine komplizierte Maschine, für jemanden aufgestellt, der nicht mehr da war: Ich war nicht mehr da; Schrauben lockerten sich, Kolben wurden glühend, Blechteile flogen durch die Luft, und es roch brandig.

Ich hatte die Haube längst wieder zugemacht, die Arme aufs Blech des Kühlers gestützt und blickte durch die Schutzscheibe in ihr Gesicht, das durch einen Scheibenwischer in zwei ungleiche Teile geteilt: Es schien mir unfaßbar, daß noch kein Mann gesehen haben sollte, wie schön sie war; noch keiner sie erkannt hatte: Vielleicht auch war es so, daß sie in dem Augenblick erst da war, als ich sie ansah.

Sie blickte zu mir hin, als ich einstieg und mich neben sie setzte, und ich sah in ihren Augen die Angst vor dem, was ich sagen, was ich jetzt tun könnte, aber ich sagte nichts, sondern setzte stumm den Wagen in Gang und fuhr in die Stadt; nur manchmal, wenn ich nach rechts einbog, sah ich ihr Profil und musterte sie von der Seite, und auch sie musterte mich. Ich fuhr zur Judengasse, hatte schon die Geschwindigkeit des Wagens verringert, um vor dem Haus, in dem sie wohnen sollte, zu stoppen, aber ich wußte noch nicht, was ich tun sollte, wenn wir halten, aussteigen und ins Haus gehen würden – und so fuhr ich durch die Judengasse durch, kreiste mit ihr im Wagen durch die halbe Stadt, kam wieder am Bahnhof heraus und fuhr den Weg zur Judengasse noch einmal, und diesmal hielt ich.

Ich sagte nichts, als ich ihr aus dem Wagen half und wieder ihre große Hand hielt und ihren runden Ellenbogen in meiner linken Handfläche spürte. Ich nahm den Koffer, ging in die Haustür, klingelte und blickte mich nicht nach ihr um, als sie mit der Tasche nachkam. Ich lief mit dem Koffer voraus, setzte ihn oben vor die Haustür und begegnete ihr, als sie langsam mit der Tasche in der Hand die Treppe heraufkam. Ich wußte nicht, wie ich sie anreden sollte, denn sowohl Hedwig wie Fräulein Muller schienen mir für sie unpassende Bezeichnungen zu sein, und so sagte ich: »Ich komme in einer halben Stunde und hole Sie zum Essen ab, ja?«

Sie nickte nur und blickte nachdenklich an mir vorbei, und es sah aus, als schlucke sie an irgend etwas. Ich sagte nichts mehr, lief hinunter, setzte mich in mein Auto und fuhr los, ohne zu wissen, wohin. Ich weiß nicht, durch welche Straßen ich fuhr und was ich dachte, ich weiß nur, daß mir das Auto so unendlich leer vorkam, das Auto, in dem ich fast immer allein, nur selten mit Ulla gefahren war, und ich versuchte mir vorzustellen, wie es vor einer Stunde gewesen war, als ich ohne sie zum Bahnhof fuhr.

Aber ich fand das, was vorher gewesen war, in meiner Erinnerung nicht wieder: Ich sah mich selbst allein in meinem Auto zum Bahnhof fahren, wie man einen Zwillingsbruder sieht, der einem aufs Haar gleicht, mit dem man aber sonst nichts gemeinsam hat. Ich kam erst zu mir, als ich geradewegs auf einen Blumenladen zusteuerte; ich stoppte und ging hinein. Drinnen war es kühl, es roch süß nach Blüten, und ich war allein. Grüne Rosen müßte es geben, dachte ich, Rosen mit grünen Blüten, und ich sah mich im Spiegel, wie ich die Brieftasche herausnahm, Geld heraussuchte – ich erkannte mich im Spiegel nicht gleich und wurde rot, weil ich laut gedacht hatte, »Grüne Rosen«, mich nun belauscht fühlte – ich erkannte mich erst an der Röte, die in mein Gesicht stieg und dachte: Das bist du also wirklich, du siehst wirklich ganz vornehm aus. Aus dem Hintergrund kam eine alte Frau, deren künstliches Gebiß ich schon von weitem lächeln und leuchten sah: Sie schluckte noch einen Bissen ihres Mittagessens herunter, und hinter dem Schlucken war ihr Lächeln gleich wieder da, und doch hatte es mir geschienen, als schluckte sie ihr Lächeln mit hinunter. Ich sah ihrem Gesicht an, daß sie mich in die Rote-Rosen-Kundschaft eingruppierte, und sie ging lächelnd auf einen großen Strauß roter Rosen zu, die in einem silbernen Kübel standen. Ihre Finger liebkosten die Blumen ganz leise, ich hatte den Eindruck von etwas Ungehörigem, es fielen mir die Bordelle ein, vor denen Herr Brotig, der Mann meiner Wirtin, mich gewarnt hatte, und ich wußte plötzlich, warum mir so unbehaglich war: Es war wie in einem Bordell; ich wußte es, obwohl ich noch nie ein Bordell betreten hatte.

»Entzückend, nicht wahr?« sagte die Frau. Aber ich wollte die roten Rosen nicht, ich hatte sie nie gemocht. »Weiße«, sagte ich heiser – und sie ging lächelnd zu einem anderen, zu einem bronzenen Kübel, in dem weiße Rosen standen. »Ach«, sagte sie, »für eine Hochzeit.«

»Ja«, sagte ich, »für eine Hochzeit.«

Ich hatte zwei Geldscheine und das Münzgeld lose in der Rocktasche, ich legte alles zusammen auf die Theke und sagte – so wie ich als Kind meinen Groschen auf die Theke gelegt und gesagt hatte: für das ganze Geld Bonbons –: »Geben Sie mir weiße Rosen für das Geld ... mit viel Grün.« Die Frau nahm das Geld mit spitzen Fingern, zählte es auf die Theke und rechnete auf Einwickelpapier aus, wieviel Rosen ich dafür zu bekommen hatte. Sie lächelte nicht, während sie rechnete, aber als sie zu dem Bronzekübel mit den weißen Rosen ging, war ihr Lächeln plötzlich wieder da, wie ein Schluckauf plötzlich wieder da ist. Die heftige Süße, die die Luft im Laden erfüllte, stieg mir plötzlich zu Kopf wie ein tödliches Gift, und ich machte zwei lange Schritte zur Theke, raffte mein Geld zusammen und lief hinaus.

Ich sprang in mein Auto – und ich sah zugleich mich selbst aus einer unendlichen Ferne ins Auto springen wie jemand, der die Ladenkasse ausgeraubt hat –, fuhr los, und als ich den Bahnhof vor mir sah, kam es mir vor, als hätte ich ihn tausend Jahre hintereinander täglich gesehen, und doch stand die Bahnhofsuhr auf zehn nach zwölf, und Viertel vor zwölf war es gewesen, als ich den Groschen in den Automaten für die Bahnsteigkarte warf: Ich glaubte das Brummen noch zu hören, mit dem der Automat den Groschen fraß, und den leichten, höhnischen Klicks, mit dem er die Pappkarte ausspukte – und inzwischen hatte ich vergessen, wer ich war, wie ich aussah und welchen Beruf ich hatte.

Ich fuhr um den Bahnhof herum, hielt an dem Blumenstand vor der Handwerkerbank, stieg aus und ließ mir für drei Mark gelbe Tulpen geben: Es waren zehn, und ich gab der Frau noch drei Mark und ließ mir noch zehn geben. Ich brachte die Blumen ins Auto, warf sie hinten neben meinen Werkzeugkoffer, ging an dem Blumenstand vorbei in die Handwerkerbank hinein, und als ich mein Scheckbuch aus der Innentasche des Rockes zog und langsam auf das Schreibpult vor der Kasse zuging, kam ich mir ein wenig lächerlich vor, und ich hatte auch Angst, daß sie mir das Geld nicht auszahlen würden. Auf der grünen Außenseite des Scheckbuches hatte ich mir den Kontostand notiert: 1710.80, und ich füllte langsam den Scheck aus, schrieb 1700 in die kleine Spalte rechts oben und schrieb: siebzehnhundert hinter: »in Worten«. Und als ich unter den Scheck meinen Namen schrieb: Walter Fendrich, kam ich mir vor wie jemand, der eine Scheckfälschung begeht. Ich hatte immer noch Angst, als ich dem Mädchen neben der Kasse den Scheck gab, aber es nahm den Scheck, ohne mich anzusehen, warf ihn auf ein Fließband und gab mir eine gelbe Pappnummer. Ich blieb neben der Kasse stehen, sah die Schecks auf einem anderen Fließband zum Kassierer zurückkehren, und auch meiner kam schnell, und ich war erstaunt, als der Kassierer meine Nummer aufrief, ich ihm die Pappmarke über der weißen Marmorplatte zuschob und das Geld ausbezahlt bekam: Es waren zehn Hunderter und vierzehn Fünfziger.

Mir war merkwürdig, als ich mit dem Geld in der Tasche aus der Bank ging: Es war mein Geld, ich hatte es gespart, und es war mir nicht schwer gewesen, es zu sparen, weil ich gut verdient hatte, aber die weißen Marmorsäulen, die vergoldete Tür, durch die ich nach draußen ging, der strenge Ernst auf dem Gesicht des Portiers, das alles gab mir das Gefühl, ich hätte mein Geld gestohlen.

Aber als ich ins Auto stieg, lachte ich und fuhr schnell in die Judengasse zurück.

Ich klingelte bei Frau Grohlta, schob die Tür mit meinem Rücken auf, als aufgedrückt wurde, stieg müde und verzweifelt die Treppe hinauf; ich hatte Angst vor dem, was kommen würde. Ich hielt den Blumenstrauß nach unten in der Hand, trug ihn wie einen Papiersack mit Kartoffeln. Ich ging geradeaus, ohne rechts oder links zu blicken. Ich weiß nicht, welches Gesicht die Wirtin machte, an der ich vorbeiging, denn ich sah sie nicht an.

Hedwig saß mit einem Buch in der Hand am Fenster, ich sah sofort, daß sie nicht darin gelesen hatte: Leise war ich durch den Flur bis zur Tür ihres Zimmers geschlichen und hatte geöffnet – so lautlos, wie Diebe Türen öffnen (und doch hatte ich es niemals geübt und nirgendwo gelernt). Sie klappte das Buch zu, und diese kleine Geste ist mir so unvergeßlich wie ihr Lächeln; ich höre noch, wie die beiden Buchhälften aufeinanderklatschten – die Sechserkarte für die Eisenbahn, die sie als Lesezeichen hineingesteckt hatte, flog dabei heraus, und weder sie noch ich, keiner von uns beiden bückte sich, um sie aufzuheben.

Ich blieb an der Tür stehen, blickte auf die alten Bäume im Garten, auf Hedwigs Kleider, die sie ausgepackt und unordentlich über Tisch und Stuhl geworfen hatte, und auf dem Buch war deutlich, Rot auf Grau gedruckt, zu lesen: ›Lehrbuch der Pädagogik‹. Sie stand zwischen Bett und Fenster, hatte die Arme herunterhängen, die Hände ein wenig geballt, wie jemand, der trommeln will, aber die Schlegel noch nicht gepackt hat. Ich sah sie an, dachte aber gar nicht an sie; ich dachte an das, was der Gehilfe bei Wickweber, mit dem ich im ersten Lehrjahr immer zusammengewesen war, mir erzählt hatte. Er hieß Grömmig, war groß und mager, und sein Unterarm war voller Narben gewesen von Handgranatensplittern. Er hatte im Krieg manchmal die Gesichter von Frauen, während er sie besaß, mit einem Handtuch bedeckt, und ich war erstaunt, wie wenig mich seine Schilderungen entsetzten. Das Entsetzen über Grömmigs Schilderung kam erst jetzt, als ich mit den Blumen in der Hand Hedwig gegenüberstand: sechs Jahre später, und was Grömmig mir erzählt hatte, schien mir schlimmer als alles, was ich sonst hatte hören müssen. Die Gehilfen hatten mir viele häßliche Dinge erzählt, aber keiner hatte das Gesicht einer Frau mit einem Handtuch bedeckt – und die, die das nicht getan hatten, erschienen mir jetzt unschuldig wie Kinder. Hedwigs Gesicht – ich konnte kaum an etwas anderes denken.

»Gehen Sie«, sagte sie, »gehen Sie sofort.«

»Ja«, sagte ich, »ich gehe«, aber ich ging nicht; ich hatte das, was ich jetzt mit ihr tun wollte, noch nie mit einer Frau getan; es gab viele Namen dafür, viele Vokabeln, und ich kannte sie fast alle, ich hatte sie während meiner Lehrzeit, im Heim und von den Mitschülern auf der Ingenieurschule gelernt, aber keine einzige von diesen Vokabeln paßte auf das, was ich mit ihr tun wollte – und ich suchte das Wort noch immer. Liebe ist nicht das Wort, das alles ausdrückt, vielleicht nur das, das der Sache am nächsten kommt. Ich las auf Hedwigs Gesicht, was auf meinem zu lesen war: Schreck und Angst, nichts von dem, was Lust heißt, aber auch alles das, was die Männer, die mir davon erzählt hatten, gesucht und nicht gefunden hatten – und ich wußte plötzlich, daß nicht einmal Grömmig ausgeschlossen war: Er hatte hinter dem Handtuch, das er über das Gesicht der Frau warf, Schönheit gesucht, er hätte nur – so schien mir – das Handtuch wegzunehmen brauchen, um sie zu finden. Langsam löste sich, was von meinem Gesicht über Hedwigs Gesicht gefallen war, und es kam ihr Gesicht wieder herauf, das Gesicht, das tief in mich eingedrungen war.

»Gehen Sie jetzt«, sagte sie.

»Mögen Sie die Blumen?« fragte ich.

»Ja.« Ich legte sie auf ihr Bett, in Papier gewickelt, wie sie waren, und beobachtete, wie sie sie auspackte, die Knospen zurechtlegte, an dem Grün zupfte. Es sah aus, als bekäme sie jeden Tag Blumen.

»Bitte, geben Sie mir die Vase«, sagte sie, und ich gab ihr die Vase, die neben mir auf der Kommode an der Tür stand: Sie kam mir ein paar Schritte entgegen, und ich spürte, als sie mir die Vase abnahm, ihre Hand für einen Augenblick, ich dachte diesen Augenblick lang an alles, was ich jetzt hätte versuchen können: sie an mich ziehen, sie küssen und sie nicht mehr loslassen, aber ich versuchte es nicht, stellte mich wieder mit dem Rücken gegen die Tür und sah ihr zu, wie sie Wasser aus der Karaffe in die Vase goß und die Blumen hineinsteckte: Es war eine dunkelrote Keramikvase, und die Blumen sahen schön aus, als sie sie ins Fenster stellte.

»Gehen Sie«, sagte sie wieder, und ich drehte mich um, ohne etwas zu sagen, machte die Tür auf und ging durch den Flur hinaus. Es war dunkel in diesem Flur, weil er kein Fenster hatte, es fiel nur das dunkelgraue Licht durch die

Milchglasscheibe der Etagentür. Ich wünschte, sie wäre mir nachgekommen und hätte irgend etwas gerufen, aber sie kam nicht, und ich öffnete die Etagentür und ging wieder die Treppe hinunter.

Ich blieb im Hauseingang stehen, rauchte eine Zigarette, sah auf die sonnige Straße hinaus und las die Namenschilder: Hühner, Schmitz, Stephanides, Kroll – dann kam der Name ihrer Wirtin: Grohlta, und ein gedrucktes Schildchen: FLINK-Wäsche, das war der Waschsalon.

Noch bevor die Zigarette zu Ende war, überquerte ich die Straße und blieb auf der anderen Straßenseite stehen, blickte hinüber und hielt den Hauseingang im Auge. Ich erschrak, als mich plötzlich die Inhaberin des Waschsalons, Frau Flink, ansprach: Sie mußte in ihrem weißen Kittel über die Straße gekommen sein, aber ich hatte sie nicht gesehen.

»Ach, Herr Fendrich«, sagte sie, »Sie kommen mir wie gerufen: Eine Maschine fängt an heißzulaufen; das Mädchen hat einen Fehler gemacht.«

»Stellen Sie sie ab«, sagte ich, ohne Frau Flink anzusehen. Ich starrte weiter auf den Hauseingang.

»Können Sie denn nicht nachsehen, was?«

»Nein«, sagte ich, »ich kann nicht nachsehen.«

»Aber Sie stehen doch hier.«

»Ja, ich stehe hier«, sagte ich, »aber ich kann die Maschine nicht nachsehen: Ich muß hier stehen.«

»Das ist doch die Höhe«, sagte Frau Flink, »Sie stehen hier und können nicht mal eben nach der Maschine sehen.«

Ich sah Frau Flink am Rande meines Blickfeldes über die Straße zurückgehen, und eine Minute später erschienen die Mädchen, die bei ihr arbeiteten, in der Tür des Salons, vier oder fünf weiße Kittel. Ich hörte die Mädchen lachen, es war mir gleichgültig.

So muß es sein, dachte ich, wenn man ertrinkt: Graues Wasser läuft in dich hinein, viel Wasser; du siehst nichts mehr, hörst nichts mehr, nur ein dumpfes Rauschen, und das graue, stumpfschmeckende Wasser erscheint dir süß.

Mein Gehirn arbeitete weiter, wie eine Maschine, die auszuschalten man vergaß: Ich fand plötzlich die Lösung für eine Algebraaufgabe, die ich vor zwei Jahren beim Examen auf der Ingenieurschule nicht hatte lösen können, und daß ich die Lösung fand, erfüllte mich mit dem tiefen Glück, das man empfindet, wenn einem plötzlich ein Name oder ein Wort einfällt, nach dem man lange gesucht hat.

Englische Vokabeln, die ich vor neun Jahren in der Schule nicht gewußt hatte, fielen mir ein, und ich wußte plötzlich, daß Zündholz *match* heißt. »Ted brachte seinem Vater ein Zündholz, und Teds Vater zündete sich mit diesem Zündholz die Pfeife an. Das Kaminfeuer brannte, und Teds Vater legte neue Scheite auf, ehe er anfing, von seiner Zeit in Indien zu erzählen.« Scheit hieß *log*, und ich hätte jetzt den Satz übersetzen können, den damals niemand – nicht einmal der Primus – hatte übersetzen können. Es war mir, als flüstere mir jemand im Traum Vokabeln zu, die ich nie gelesen und nie gehört hatte. Meine Augen aber hielten nur das eine Bild fest: die Haustür, aus der irgendwann Hedwig herauskommen mußte: Es war eine braun gestrichene, neue Tür – und es schien mir, als hätte ich nie etwas anderes gesehen als diese Tür.

Ich weiß nicht, ob ich litt: Dunkelgrau schlugen die Wasser über mir zusammen, und zugleich war ich so wach, wie ich es nie gewesen war: Ich dachte daran, daß ich mich irgendwann bei Frau Flink würde entschuldigen müssen; sie war immer nett zu mir gewesen, hatte mir das Zimmer für Hedwig besorgt, und manchmal, wenn ich müde gewesen war, hatte sie mir Kaffee gekocht. Irgendwann, dachte ich, mußt du dich bei ihr entschuldigen. Vieles mußte ich tun, und ich dachte an alles, auch an die Frau in der Kurbelstraße, die am Telefon geweint hatte und immer noch auf mich wartete.

Ich wußte jetzt, was ich immer gewußt hatte, mir aber seit sechs Jahren nicht mehr gestanden hatte: daß ich diesen Beruf haßte, wie ich alle Berufe gehaßt hatte, in denen ich mich versucht hatte. Ich haßte diese Waschmaschinen, und ein Ekel vor dem Geruch von Seifenlauge war in mir, ein Ekel, der mehr als körperlich war. Was ich liebte an diesem Beruf, war das Geld, das er mir einbrachte, und das Geld hatte ich in der Tasche; ich tastete danach: Es war noch da.

Ich rauchte noch eine Zigarette, und auch das tat ich mechanisch: die Schachtel aus der Tasche nehmen, die Zigarette herausklopfen, und dann sah ich für einen Augenblick die Haustür rot durch die kleine Flamme des Feuerzeugs hindurch, sah sie bläulich umhüllt vom Qualm meiner Zigarette, aber die Zigarette schmeckte mir nicht, und ich warf sie, halb angeraucht, in die Gosse. Dann, als ich wieder eine anstecken wollte, spürte ich am Gewicht der Schachtel, daß sie leer war, und ich ließ auch die Schachtel in die Gosse fallen.

Auch daß ich Hunger hatte, daß eine leichte Übelkeit in mir kreiste wie Flüssigkeit in einem Destillierkolben – das alles geschah neben mir. Ich hatte nie singen können, aber hier, der Haustür gegenüber, aus der Hedwig irgendwann herauskommen mußte, hier hätte ich es gekonnt: Ich wußte es.

Ich hatte immer gewußt, daß Wickweber auf eine legale Weise ein Betrüger war, aber hier erst auf dem angerauhten Basalt des Bordsteins dieser Haustür gegenüber ging mir auch die Formel auf, nach der der Betrug verübt worden war: Ich hatte zwei Jahre in seiner Fabrik gearbeitet und später die Geräte prüfen und abnehmen müssen, die dort hergestellt wurden, Geräte, deren Verkaufspreis ich mit Wickweber und Ulla selbst auskalkulierte. Das Material war billig, und es war gut, so gut wie das Material für U-Boote und Flugzeuge war, und Wickweber bekam es waggonweise, und wir hatten den Verkaufspreis eines Warmwasserboilers auf neunzig Mark ausgerechnet; das war der Preis für drei Brote, wenn der Markt – so nannten sie es – ein wenig gesättigt war – und es war der Preis für zwei Brote, wenn der Markt – so nannten sie es – löcherig war. Und ich selbst hatte die Boiler in der Kabine oberhalb der Lohnbuchhaltung ausprobiert und ihnen mein F eingestanzt und das Datum, bevor der Lehrjunge sie ins Lager brachte, wo sie in Ölpapier verpackt wurden – und vor einem Jahr hatte ich für Vater einen Boiler gekauft, den Wickweber mir zum Fabrikpreis ließ, und der Lagerverwalter hatte mich ins Lager geführt, wo ich mir einen aussuchte. Ich packte ihn in mein Auto, brachte ihn zu Vater, und als ich ihn anmontierte, entdeckte ich mein eingestanztes F und das Datum: 19. 2. 47 – und es war mir merkwürdig gewesen, und ich hatte darüber nachgedacht wie über eine Formel, in der eine Unbekannte fehlt, und jetzt, hier auf dem Bordstein vor Hedwigs Tür, war es mir nicht mehr merkwürdig, und ich hatte die Unbekannte: Was damals drei Brote gekostet hatte, wurde jetzt für den Preis von zweihundert Broten verkauft, und ich selbst, der ich Prozente bekam, bezahlte immer noch soviel dafür, wie einhundertdreißig Brote kosteten – und ich war erstaunt, daß es soviel war: daß die Unbekannte einen solchen Wert darstellte, und ich dachte an alle die Bügeleisen, Boiler, Tauchsieder und Herde, denen ich in den zwei Jahren mein F eingestanzt hatte.

Ich dachte an die Empörung, die ich empfunden hatte, damals als ich mit meinen Eltern im Winter in den Alpen gewesen war. Vater hatte Mutter vor schneebedeckten Gipfeln fotografiert, dunkles Haar hatte sie und trug einen hellen Mantel. Ich hatte neben ihm gestanden, als er das Bild aufnahm: Weiß war alles gewesen, nur Mutters Haar dunkel – aber als Vater mir zu Hause das Negativ zeigte, sah es aus als stünde eine weißhaarige Negerin vor sehr hohen Kohlenhalden. Ich war empört, und mich hatte die chemische Erklärung, die nicht einmal sehr kompliziert war, nicht befriedigt. Mir schien immer – und schien bis zu diesem Augenblick, daß es mit ein paar chemischen Formeln, mit Lösungen und Salzen nicht zu erklären war, berauscht dagegen hatte mich das Wort Dunkelkammer – und später, um mich zu beruhigen, fotografierte Vater meine Mutter in einem schwarzen Mantel draußen vor den Kohlenhalden unserer Stadt – da sah ich im Negativ eine weißhaarige Negerin in weißem Mantel vor unendlich hohen Schneebergen; dunkel war nur, was hell an Mutter gewesen war: ihr weißes Gesicht, ihr schwarzer Mantel aber und die Kohlenhalden, das sah alles so hell, so festlich aus, als stünde Mutter lächelnd mitten im Schnee.

Meine Empörung war nach dieser zweiten Aufnahme nicht geringer geworden, und seitdem hatten mich die Abzüge von Fotografien nie interessiert, mir schien immer, man sollte von Fotos gar keine Abzüge machen, das war das, was am wenigsten an ihnen stimmte: Die Negative wollte ich sehen, und die Dunkelkammer faszinierte mich, wo Vater bei rötlichem Licht in geheimnisvollen Wannen die Negative so lange schwimmen ließ, bis Schnee Schnee wurde und Kohle Kohle – aber es war schlechter Schnee und schlechte Kohle… und mir schien, als sei der Schnee im Negativ gute Kohle und die Kohle im Negativ guter Schnee gewesen. Vater hatte mich zu beruhigen versucht, indem er sagte, es gäbe nur einen einzigen richtigen Abzug von allem, der in einer Dunkelkammer ruhe, die wir nicht kannten: im Gedächtnis Gottes – und mir war diese Erklärung damals zu einfach vorgekommen, weil Gott ein so großes Wort war, mit dem die Erwachsenen alles zuzudecken versuchten.

Hier aber, auf dem Bordstein stehend, schien mir, als begriffe ich Vater: Ich wußte, daß ich, so wie ich dastand, aufgenommen wurde: daß es ein Bild von mir gab, wie ich dastand – so tief unter der Oberfläche des grauen Wassers –, es gab ein Bild von mir, und ich sehnte mich danach, dieses Bild zu sehen. Wenn mich jemand englisch angesprochen hätte, ich hätte ihm englisch antworten können, und hier auf dem Bordstein vor Hedwigs Haus wurde mir klar, was mir klarzumachen ich immer zu bange gewesen, was jemand zu sagen ich immer zu schüchtern gewesen war: daß mir unendlich viel daran lag, bei der Abendmesse vor der Opferung zu kommen und ebensoviel daran, nachher, während die Kirche sich leerte, sitzen zu bleiben, oft so lange, bis der Küster so ostentativ mit dem Schlüsselbund klirrte wie die Kellner ostentativ die Stühle auf den Tisch stellen, wenn sie Feierabend machen wollen, und die Trauer, das Gasthaus verlassen zu müssen, ist nicht unähnlich der Trauer, die ich empfunden hatte, wenn ich aus der Kirche geschmissen wurde, die ich in der allerletzten Minute betreten hatte. Es schien mir, als begriffe ich jetzt, was zu begreifen mir bis dahin unmöglich gewesen war: daß Wickweber fromm sein konnte und doch ein Schuft und daß er beides echt war: fromm und schuftig, und ich gab meinen Haß gegen ihn preis wie ein Kind einen Luftballon, den es einen ganzen Sommersonntagnachmittag lang krampfhaft festgehalten hat – dann plötzlich losläßt, um ihn in den Abendhimmel steigen zu sehen, wo er kleiner wird, kleiner, bis er nicht mehr sichtbar ist. Ich hörte selbst den leichten

Seufzer, mit dem ich meinen Haß auf Wickweber plötzlich ausließ.

Fahr dahin, dachte ich, und ich ließ für einen Augenblick die Tür aus dem Auge und versuchte, meinem Seufzer nachzusehen – und für diesen Augenblick blieb da, wo mein Haß gewesen war, eine leere Stelle, ein sehr leichtes Nichts, das mich zu tragen schien wie die Schwimmblase den Fisch, nur für einen Augenblick, dann spürte ich, wie diese Stelle sich füllte mit etwas, das schwer war wie Blei: mit Gleichgültigkeit tödlichen Gewichts. Manchmal auch sah ich auf meine Armbanduhr, aber ich blickte nie auf den Stunden- und Minutenzeiger, sondern nur auf den winzigen Kreis, der wie nebensächlich oberhalb der Sechs angebracht war: Dort allein lief für mich die Zeit ab, nur dieser flinke, dünne Finger dort unten bewegte mich, nicht die großen und langsamen dort oben, und dieser flinke, dünne Finger lief sehr schnell, eine kleine, sehr präzise Maschine, die Scheiben von etwas Unsichtbarem abschnitt, von der Zeit, und sie fräste und bohrte im Nichts herum, und der Staub, den sie aus dem Nichts herausbohrte, fiel über mich wie ein Zaubermittel, das mich in eine unbewegliche Säule verwandelte.

Ich sah die Mädchen aus dem Waschsalon zum Mittagessen weggehen, sah sie zurückkehren. Ich sah Frau Flink in der Tür des Salons stehen, daß sie den Kopf schüttelte. Leute gingen hinter mir her, Leute gingen an der Haustür vorüber, aus der Hedwig kommen mußte, Leute, die die Haustür für Augenblicke verdeckten, und ich dachte an alles, was ich noch hätte tun müssen: Die Namen von fünf Kunden standen auf dem weißen Zettel, der in meinem Auto lag, und um sechs war ich mit Ulla verabredet im Café Joos, aber ich dachte immer wieder an Ulla vorbei.

Es war Montag, der 14. März, und Hedwig kam nicht.

Ich hielt die Armbanduhr an mein linkes Ohr und hörte den höhnischen Fleiß des kleinen Zeigers, der Löcher ins Nichts fräste, dunkle, kreisrunde Löcher, die vor meinen Augen zu tanzen begannen, sich um die Haustür herumgruppierten, sich wieder lösten und im blassen Himmel untergingen wie Münzen, die man ins Wasser wirft; dann wieder war für Augenblicke mein Blickfeld durchlöchert wie eins der Bleche, aus denen ich in Wickwebers Fabrik die viereckigen Nickelscheiben ausgestanzt hatte, und ich sah in jedem dieser Löcher die Haustür, sah sie hundertmal, immer dieselbe Haustür, winzige aber präzise Haustüren, die aneinander hingen in den dünnen Verzahnungen wie Briefmarken auf einem großen Bogen: hundertmal das Gesicht des Erfinders der Zündkerze.

Hilflos suchte ich in meinen Taschen nach Zigaretten, obwohl ich wußte, daß ich keine mehr hatte, wohl noch eine Packung im Auto lag, aber das Auto stand zwanzig Meter rechts von der Haustür, und etwas wie ein Ozean lag zwischen mir und dem Auto. Und ich dachte wieder an die Frau in der Kurbelstraße, die geweint hatte am Telefon, wie nur Frauen weinen, die mit Maschinen nicht fertig werden, und ich wußte plötzlich, daß es keinen Zweck mehr hatte, an Ulla vorbeizudenken, und ich dachte an sie: Ich tat es, wie man sich plötzlich entschließt, Licht anzuknipsen in einem Zimmer, in dem jemand gestorben ist: Der Dämmer hat ihn noch wie einen Schlafenden erscheinen lassen, und man konnte sich einreden, ihn noch atmen zu hören, seine Bewegungen zu sehen; aber nun fällt das Licht grell auf die Szenerie, und man sieht, daß die Vorbereitungen für die Trauerfeier schon getroffen sind: Die Kerzenleuchter stehen schon da, die Kübel mit Stechpalmen – und irgendwo links unter den Füßen sieht man eine Erhebung, wo das schwarze Tuch sich auf eine befremdende Weise bauscht:

Dort hat der Mann vom Beerdigungsinstitut den Hammer schon bereit gelegt, mit dem er morgen den Deckel auf den Sarg nageln wird, und man hört jetzt schon, was man morgen erst hören wird: das endgültige, nackte Gehämmer, das keine Melodie hat.

Daß Ulla noch nichts wußte, machte das Denken an sie noch schlimmer: Es war schon nichts mehr zu ändern, nichts mehr konnte rückgängig gemacht werden – so wenig, wie man die Nägel aus dem Sargdeckel herausziehen kann–, aber sie wußte es noch nicht.

Ich dachte an das Leben, das ich mit ihr gehabt hätte; immer hatte sie mich betrachtet, wie man eine Handgranate betrachtet, die, zum Aschenbecher umgearbeitet, nun auf dem Klavier steht: Man klopft die Asche hinein sonntags nach dem Kaffee, man säubert ihn montags, und man hat, während man ihn säubert, immer wieder das gleiche prickelnde Gefühl: einen ursprünglich so gefährlichen Gegenstand in so harmloser Funktion zu sehen, zumal der Witzbold, der den Aschenbecher herstellte, die Zündschnur auf eine so originelle Weise mitverarbeitet hat: Man kann an dem weißen Porzellanknopf ziehen, der aussieht wie die Porzellanknöpfe an Nachttischlampen – und wenn man ihn zieht, bringt eine verborgene Batterie ein paar Drähtchen zum Glühen, an denen man die Zigarette anzünden kann: ein friedliches Instrument nun, was für so unfriedliche Zwecke hergestellt war: Neunhundertneunundneunzigmal kann man daran ziehen, ohne Schaden zu nehmen, doch niemand weiß, daß beim tausendstenmal ein verborgener Mechanismus in Gang gesetzt wird, der das witzige Spielzeug zur Explosion bringt. Nichts Schlimmes passiert, ein paar Eisenfetzen fliegen herum, die nicht gerade ins Herz gehen werden, man erschrickt und geht in Zukunft vorsichtiger damit um.

Es würde auch Ulla nichts Schlimmes passieren, und es würde sie nicht ins Herz treffen, aber alles andere als das Herz würde getroffen sein. Sie würde reden, viel reden, und ich wußte genau, was sie sagen würde; sie würde auf eine gleichgültige Weise recht haben und recht haben wollen, und sie würde ein bißchen auch triumphieren, und ich hatte immer die Leute gehaßt, die recht hatten und triumphierten, wenn sich herausstellte, daß sie wirklich recht hatten: Sie waren mir immer wie Leute vorgekommen, die eine Zeitung abonniert, aber immer überlesen hatten, daß im Impressum irgend etwas von höherer Gewalt stand – und dann auf eine unanständige Weise empört waren, wenn die Zeitung eines Morgens nicht erschien; sie hätten – wie in Versicherungsverträgen – das Kleingedruckte genauer lesen sollen als die Schlagzeilen.

Erst als ich die Haustür nicht mehr sah, fiel mir wieder ein, worauf ich wartete: auf Hedwig. Ich sah die Tür nicht mehr, sie war verdeckt durch ein großes, dunkelrotes Auto, das ich sehr gut kannte: »Wickwebers sanitärer Dienst« stand auf dem Auto in cremefarbener Schrift, und ich ging über die Straße, weil ich die Tür wieder sehen mußte. Ich ging langsam, wie einer, der unter Wasser geht, und ich seufzte, wie einer seufzen mag, der durch Tangwälder und Muschelkolonien, an erstaunten Fischen vorbei langsam das steile Ufer wie ein Gebirge erklommen hat und erschrocken ist, weil er nun nicht mehr das Gewicht der Wassersäule auf seinem Nacken spürt, sondern die Leichtigkeit der Luftsäule, die wir zu gelassen tragen.

Ich ging um das Lastauto herum, und als ich die Haustür wieder sah, wußte ich, daß Hedwig nicht herunterkommen würde: Sie lag da oben auf ihrem Bett, ganz zugedeckt von dem unsichtbaren Staub, den der Sekundenzeiger aus dem

Nichts herausbohrte. Ich war froh, daß sie mich weggeschickt hatte, als ich mit den Blumen gekommen war, und ich war froh, daß sie sofort gewußt hatte, was ich mit ihr hatte tun wollen, und ich hatte Angst vor dem Augenblick, wo sie mich nicht mehr wegschicken würde, einem Augenblick, der kommen würde, irgendwann an einem Tag, der immer noch der Montag war.

Die Haustür war mir jetzt gleichgültig, und ich kam mir dumm vor, fast auf dieselbe Weise dumm wie damals, als ich heimlich die Schürze meiner Wirtin geküßt hatte. Ich ging zu meinem Auto, öffnete es, nahm die Zigarettenschachtel, die rechts in der Klappe unter dem Quittungsblock für Fahrkilometer und Arbeitsstunden lag – ich zündete eine Zigarette an, schloß das Auto und wußte noch nicht, was ich tun sollte: ob ich hinaufgehen sollte in Hedwigs Zimmer oder zu der Frau in der Kurbelstraße hinausfahren, die am Telefon so geweint hatte.

Plötzlich lag Wolfs Hand auf meiner Schulter: Ich spürte sie, wie ich das Gewicht der Wassersäule gespürt hatte, und mit einem schrägen Blick nach links konnte ich die Hand sogar sehen: Es war die Hand, die mir unzählige Zigaretten angeboten, unzählige von mir genommen hatte, eine saubere und tüchtige Hand – und ich konnte in der Märzsonne sogar den Verlobungsring an dieser Hand blinken sehen. Ich spürte an der leisen, zitternden Bewegung dieser Hand, daß Wolf lachte – dieses leise, innere, glucksende Lachen, mit dem er in der Ingenieurschule über die Witze unseres Lehrers gelacht hatte, und in der Sekunde, bevor ich mich zu ihm umwandte, spürte ich, was ich damals gespürt hatte, als Vater mich überredet hatte, an einem Treffen ehemaliger Schulkameraden teilzunehmen: Da sah ich sie also sitzen, die, mit denen ich drei, vier, sechs oder neun Jahre das Leben geteilt, mit denen ich im Luftschutzkeller gehockt hatte, während die Bomben fielen; Klassenarbeiten waren die Schlachten, die man Seite an Seite überstand; man hat die brennende Schule gemeinsam gelöscht, den verletzten Lateinlehrer verbunden, zusammen weggetragen, man war zusammen sitzengeblieben, und es schien so, als würden diese Erlebnisse einen miteinander verbinden auf ewig – aber man war nicht miteinander verbunden, schon lange nicht auf ewig, und es kommt als einzige Erinnerung der fade Geschmack der ersten heimlich gerauchten Zigarette auf, und man möchte der Kellnerin, die das Bier bringt, die Hand auf den Arm legen, ihr, die man zum erstenmal im Leben sieht und die einem plötzlich wie eine alte Bekannte vorkommt, so vertraut fast wie eine Mutter – verglichen mit der Fremdheit, die man denen gegenüber empfindet, deren ganze Weisheit darin besteht, daß sie Ideale verloren haben, die man nie gehabt hat, Ideale, die man zu lieben beginnt, weil jene sie verloren haben: unglückselige Narren, die alle ein wenig aufschneiden, wenn man sie danach fragt, wieviel sie im Monat verdienen – und man weiß plötzlich, daß der einzige Freund, den man gehabt hat, der war, der in der zweiten Klasse starb: Jürgen Brolaski, der, mit dem man nie ein Wort gesprochen hat, weil er einem unsympathisch, zu muffig erschien; beim Schwimmen ertrunken an einem Sommerabend, unter ein Floß geraten, unten am Sägewerk, wo die Weiden den blauen Basalt der Kaimauer gesprengt haben, wo man in der Badehose Rollschuh fahren konnte über die Zementbahnen, auf denen die Stämme hochgezogen wurden – mit den Rollschuhen bis ins Wasser; Unkraut zwischen den Pflastersteinen und das hilflose »Schluß jetzt – jetzt aber Schluß« des Nachtwächters, der Brennholz für seinen Ofen zusammensuchte. Brolaski mit seinem mageren, eckigen Körper hatte keine Rollschuhe, rosarot war seine Badehose, seine Mutter hatte sie ihm aus einem

Unterrock zurechtgeschnitten, und manchmal dachte ich, er schwimme dauernd, damit wir seine Badehose nicht sähen: Nur für Augenblicke kletterte er an den Flößen hoch, setzte sich, die Arme über dem Schoß verschränkt, mit dem Gesicht zum Rhein und blickte in den dunkelgrünen Schatten der Brücke, der abends bis zum Sägewerk reichte; niemand hatte ihn ins Wasser springen sehen, niemand vermißte ihn, bis seine Mutter abends weinend durch die Straßen lief, von Haus zu Haus: »Hast du nicht meinen Jungen, hast du Jürgen nicht gesehen?« – »Nein.« Brolaskis Vater stand in Uniform am Grab, ein Gefreiter ohne Orden; nachdenklich hob er lauschend den Kopf, als wir anstimmten: »Früh ins Grab, Bruder, früh ins Grab hat dich der Tod gerufen, früh ins Grab ...«

Nur an Brolaski hatte ich während des Klassentreffens denken können und an den weißen, schönen Arm der Kellnerin, auf den ich so gerne meine Hand gelegt hätte; an Brolaskis rosarote Badehose, aus dem Unterrock der Mutter geschneidert, mit breitem Strumpfbandgummi drin: Im dunkelgrünen Schatten der Brücke war Brolaski verschwunden ...

Bruder, früh ins Grab hat dich der Tod gerufen ...

Ich wandte mich langsam nach Wolf um, sah in sein gutes, tüchtiges Gesicht, das ich seit sieben Jahren kannte, und ich schämte mich ein wenig, wie ich mich geschämt hatte, als Vater mich beim Stehlen des Zeugnisformulars ertappt hatte.

»Du mußt mir helfen«, sagte Wolf. »Ich finde den Fehler nicht. Bitte, komm.« Er zog mich an der Hand, vorsichtig, wie man einen Blinden zieht, und führte mich langsam zum Waschsalon. Ich roch, was ich täglich so oft roch: den Geruch schmutziger Wäsche, sah Stapel daliegen – und ich sah die Mädchen, sah Frau Flink, alle in ihren Kitteln dort stehen, wie man in der Staubwolke nach einer Explosion die wieder sieht, die man für tot gehalten hat.

»Heißgelaufen«, hörte ich – »dreimal ausprobiert – nichts – und alle Maschinen – alle.«

»Hast du die Siebe abgeschraubt?« fragte ich Wolf. »Ja, sie waren schmutzig, ich habe sie gesäubert, wieder drangemacht – und alle Maschinen wieder heiß.« – »Ich verliere meinen besten Kunden«, sagte Frau Flink. »Den Hunnenhof – der Hunnenhof ist mein bester Kunde, und ich verliere ihn, wenn die Bettwäsche bis abends nicht da ist.«

»Schraub die Wasserleitungen ab«, sagte ich zu Wolf, und ich sah ihm zu, wie er sie abschraubte von allen vier Maschinen, hörte gleichzeitig, wie die Mädchen sich über die Bettwäsche unterhielten, über die sie mit Zimmermädchen des Hotels Erfahrungen austauschen: Oft hatten sie mir triumphierend die mit Lippenstift bekleckerten Bettücher von Ministern, von Schauspielern gezeigt, hatten mir Tücher hingehalten, damit ich den Geruch des Parfüms rieche, das die Geliebte eines Parteifunktionärs benutzte – und diese Dinge waren mir amüsant erschienen, aber ich wußte plötzlich, wie gleichgültig mir Minister und Parteifunktionäre waren: Nicht einmal ihr Privatleben interessierte mich, und die Geheimnisse ihres Privatlebens konnten mit der Lauge ablaufen, die aus den Maschinen lief. Ich wollte wieder hinaus, ich haßte die Maschinen, haßte den Geruch von Seifenlauge ... Kichernd ließen die Mädchen das Bettuch eines Filmschauspielers rundgehen, dessen Verirrungen bekannt waren.

Wolf hatte alle Wasserzuleitungen abgeschraubt und blickte mich an: Er sah ein bißchen blöde aus.

»Ist die Wasserleitung repariert worden?« fragte ich Frau Flink, ohne sie anzusehen.

»Ja«, sagte sie, »gestern rissen sie die Korbmachergasse auf, von daher kommt unser Wasser.«

»Ja«, sagte Wolf, der das Wasser hatte laufen lassen, »das Wasser ist rostig und schmutzig.«

»Laß es auslaufen, bis es klar wird, schraub die Zuleitungen wieder an, und alles wird laufen. Sie verlieren Ihren besten Kunden nicht«, sagte ich zu Frau Flink, »die Wäsche ist bis zum Abend fertig«, und ich ging, ging wieder auf die Straße, wie man im Traum von einer Landschaft in die andere geht.

Ich setzte mich auf das Trittbrett von Wickwebers Auto, aber ich starrte nicht auf die Haustür, ich schloß die Augen und sah einen Augenblick in die Dunkelkammer, sah das Bild des einzigen Menschen, von dem ich weiß, daß er noch nie gebrüllt, noch nie einen Menschen angeschrien hat – des einzigen Menschen, dessen Frömmigkeit mich überzeugt hat: Ich sah Vater. Vor ihm stand der Zettelkasten, eine blaue Holzdose, in der wir früher unsere Dominosteine aufbewahrten. Die Dose ist immer prall gefüllt mit Zetteln gleicher Größe, wie Vater sie sich aus Papierresten zurechtschneidet; Papier ist das einzige, mit dem er geizt. Von Briefen, die er anfängt, dann verwirft, aus Schulheften, die nicht vollgeschrieben wurden, schneidet er die unbeschriebenen, von Verlobungs- und Todesanzeigen schneidet er die unbedruckten Teile ab, und jene feierlichen Drucksachen, auf Bütten gedruckte Aufforderungen, zu irgendwelchen Manifestationen zu kommen, auf Leinen gedruckte Einladungen, endlich etwas für die Sache der Freiheit zu tun – diese Drucksachen erfüllen ihn mit einer kindlichen Freude, weil er aus jeder von ihnen mindestens sechs Zettel gewinnt, die er in dem alten Dominokasten wie Kostbarkeiten birgt. Er ist ein Zettelmensch, steckt die Zettel in seine Bücher, seine Brieftasche ist voll davon, Wichtiges und Nebensächliches vertraut er diesen Zetteln an. Oft fand ich welche, als ich noch zu Hause war. »Der Knopf an der Unterhose«, stand auf einem, auf dem anderen »Mozart«, auf einem anderen »pilageuse – pilage«, und einmal fand ich einen: »Ich sah in der Straßenbahn ein Gesicht, wie es Jesus Christus in der Agonie gehabt haben muß.« – Ehe er Besorgungen macht, packt er die Zettel aus, blättert sie durch, wie man ein Kartenspiel durchblättert, legt sie dann aus wie eine Patience und ordnet sie nach ihrer Wichtigkeit, indem er kleine Häufchen bildet, so wie man Asse, Könige, Damen, Buben voneinander scheidet.

In allen seinen Büchern stecken sie zur Hälfte zwischen den Buchseiten heraus, die meisten sind verschossen, gelblich gefleckt, weil die Bücher oft monatelang herumliegen, ehe er dazu kommt, die Zettel auszuwerten. In den Schulferien sammelt er sie, liest die Stellen, über die er sich Notizen machte, noch einmal durch, ordnet die Zettel, auf die er sich meistens englische und französische Vokabeln, Satzkonstruktionen, Wendungen notiert hat, und deren Bedeutung sich für ihn erst klärt, wenn sie ihm zwei- oder dreimal begegnet sind. Er führt eine umfangreiche Korrespondenz über seine Entdeckungen, läßt sich Lexika schicken, vergewissert sich bei Kollegen und bohrt mit liebenswürdiger Zähigkeit bei den Redakteuren der Nachschlagewerke herum.

Und einen Zettel hat er immer in der Brieftasche, einen, der mit Rotstift als ein besonders wichtiger gekennzeichnet ist; ein Zettel, der nach jedem meiner Besuche vernichtet, aber dann bald wieder neu ausgeschrieben wird: jenen Zettel, auf dem geschrieben steht: »Mit dem Jungen reden!«

Ich dachte daran, wie überrascht ich gewesen war, auch bei mir diese Zähigkeit zu entdecken, in den Jahren, als ich

58

auf der Ingenieurschule war: Was ich wußte, was ich kannte, reizte mich niemals so sehr wie das, was ich nicht wußte und nicht kannte, und ich hatte keine Ruhe, bis ich eine neue Maschine fast im Schlaf auseinandernehmen und zusammensetzen konnte; doch war meine Neugierde immer gepaart mit dem Wunsch, durch mein Wissen Geld zu verdienen: ein Motiv, das Vater völlig unbegreiflich wäre. Was eine einzige Vokabel ihn oft allein an Porto kosten mag, wenn Bücher hin und her geschickt, Reisen unternommen werden müssen, zählt für ihn nicht; er liebt diese neu entdeckten Worte oder Wendungen, wie ein Zoologe ein neu entdecktes Tier lieben mag, und würde niemals daran denken, Geld für seine Entdeckungen zu nehmen.

Wieder lag Wolfs Hand auf meiner Schulter, und ich bemerkte, daß ich vom Trittbrett aufgestanden, zu meinem Auto hinübergegangen war und von außen durch die Schutzscheibe auf den Platz blickte, auf dem Hedwig gesessen hatte: Er war so leer ...

»Was ist denn los?« sagte Wolf. »Was hast du mit der guten Frau Flink gemacht? Die ist ja ganz verstört.« Ich schwieg; Wolf ließ seine Hand auf meiner Schulter, schob mich an meinem Auto vorbei auf die Korbmachergasse. »Sie rief mich an«, sagte Wolf, »und es war etwas in ihrer Stimme, was mich veranlaßte, gleich zu kommen – etwas, was nichts mit ihren Maschinen zu tun hat.«

Ich schwieg. »Komm«, sagte Wolf, »ein Kaffee wird dir ganz guttun.«

»Ja«, sagte ich leise, »ein Kaffee wird mir ganz guttun«, und ich schob seine Hand von meiner Schulter und ging ihm voran in die Korbmachergasse hinein, wo ich ein kleines Café kannte.

Eine junge Frau schüttete gerade Brötchen aus einem weißen Leinensack in die Auslage: Die Brötchen stauten sich vor der Scheibe, und ich konnte ihre glatten, braunen Bäuche sehen, ihre knusprigen Rücken und das helle, sehr helle Weiß oben, wo der Bäcker sie geschnitten hatte; sie rutschten noch, als die junge Frau schon in den Laden zurückgegangen war, und für einen Augenblick erschienen sie mir wie Fische, stumpfe, platte Fische, die in ein Aquarium gepfercht sind.

»Hier?« sagte Wolf.

»Ja, hier«, sagte ich.

Er ging kopfschüttelnd voran, lächelte aber, als ich ihn an der Theke vorbei in den kleinen Raum führte, der leer war.

»Gar nicht so übel«, sagte er, als er sich setzte.

»Nein«, sagte ich, »gar nicht so übel.«

»Oh«, sagte Wolf, »man braucht dich nur anzusehen, um zu wissen, was mit dir los ist.«

»Was ist denn mit mir los?« fragte ich.

»Oh«, sagte er grinsend, »nichts. Du siehst nur aus wie jemand, der schon Selbstmord begangen hat. Ich sehe schon, daß heute nicht mehr mit dir zu rechnen ist.«

Die junge Frau brachte den Kaffee, den Wolf vorne im Laden bestellt hatte.

»Vater ist wütend«, sagte Wolf, »den ganzen Mittag über ging das Telefon, du warst nirgends zu finden, nirgends zu erreichen, auch nicht unter der Nummer, die du Frau Brotig hinterlassen hattest. Reiz ihn nicht zu sehr«, sagte Wolf, »er ist sehr böse. Du weißt doch, daß er im Geschäft keinen Spaß versteht.«

»Nein«, sagte ich, »im Geschäft versteht er keinen Spaß.«

Ich trank an meinem Kaffee, stand auf, ging in den Laden und ließ mir von der jungen Frau drei Brötchen geben; sie gab mir einen Teller, und ich schüttelte den Kopf, als sie mir ein Messer geben wollte. Ich legte die Brötchen auf den Teller, ging in das Zimmer zurück, setzte mich und öffnete ein Brötchen, indem ich die beiden Daumen nebeneinander in den weißen Schnitt setzte und es dann nach außen aufbrach, und als ich den ersten Brocken gegessen hatte, spürte ich, wie die Übelkeit aufhörte in mir zu kreisen.

»Mein Gott«, sagte Wolf, »du hast doch nicht nötig, trockenes Brot zu essen.«

»Nein«, sagte ich, »ich habe es nicht nötig.«

»Man kann nicht mit dir reden«, sagte er.

»Nein«, sagte ich, »man kann nicht mit mir reden. Geh.«

»Nun, gut«, sagte er, »vielleicht bist du morgen wieder normal.«

Er lachte, stand auf, rief die Frau aus dem Laden, bezahlte die beiden Tassen Kaffee und die drei Brötchen, und als er ihr zwei Groschen Trinkgeld gab, lächelte die junge Frau und legte die beiden Groschen wieder in seine tüchtige, saubere Hand, und er steckte sie kopfschüttelnd in sein Portemonnaie. Ich öffnete das zweite Brötchen, und ich spürte Wolfs Blick, wie er auf meinen Nacken, auf meine Haut und die Linie meines Gesichts entlang auf meine Hände blickte. »Übrigens«, sagte er, »hat die Sache geklappt.«

Ich sah fragend zu ihm auf.

»Hat Ulla dir gestern nicht erzählt von dem Auftrag für die Tritonia?«

»Doch«, sagte ich leise, »sie hat mir gestern davon erzählt.«

»Wir haben den Auftrag bekommen«, sagte Wolf strahlend, »heute morgen ist der Zuschlag erteilt worden. Ich hoffe, du wirst wieder zurechnungsfähig sein, wenn wir anfangen, am Freitag. Was soll ich Vater sagen? Was soll ich Vater überhaupt sagen? Er ist so wütend auf dich, wie er es seit der dummen Geschichte damals nicht mehr gewesen ist.«

Ich legte das Brötchen weg und stand auf.

»Seit welcher Geschichte?« sagte ich. Ich sah seinem Gesicht an, daß es ihm leid tat, davon angefangen zu haben, aber er hatte davon angefangen – und ich öffnete meine hintere Hosentasche, in der mein Geld eingeknöpft war, ließ die Geldscheine durch meine Hand gleiten, entsann mich plötzlich, daß es nur Hunderter und Fünfziger waren, steckte das Geld wieder weg, knöpfte den Knopf zu und griff in die Rocktasche, in der noch das Geld war, das ich von der Theke des Blumenladens wieder weggenommen hatte. Ich nahm einen Zwanzigmarkschein, ein Zweimarkstück und fünfzig Pfennig, nahm Wolfs rechte Hand, öffnete sie und drückte das Geld hinein.

»Das ist für die Geschichte damals«, sagte ich. »Zwei Mark und fünfundzwanzig kosteten die Kochplatten, die ich geklaut hatte. Gib das Geld deinem Vater, es waren genau zehn.

Die Geschichte«, sagte ich leise, »wird wohl sechs Jahre her sein, aber ihr habt sie nicht vergessen. Ich bin froh, daß du mich daran erinnerst.«

»Es tut mir leid«, sagte Wolf, »daß ich sie erwähnt habe.«

»Aber du hast sie erwähnt, hier und jetzt – und nun hast du das Geld, gib es deinem Vater.«

»Nimm das Geld zurück«, sagte er, »das kannst du nicht tun.«

»Warum nicht?« sagte ich ruhig, »ich habe geklaut damals, und ich bezahle jetzt das, was ich geklaut habe. Sonst noch was auf der Rechnung?«

Er schwieg, und jetzt tat er mir leid, weil er nicht wußte, was er mit dem Geld anfangen sollte: Er hielt es in seiner Hand, und ich sah, daß sich in der gekrümmten Hand Schweißperlen bildeten, auch auf seinem Gesicht waren welche, und er machte ein Gesicht, wie er es gemacht hatte, wenn die Gehilfen ihn anbrüllten – oder wenn sie Zoten erzählten.

»Wir waren beide sechzehn, als die Geschichte passierte«, sagte ich, »wir fingen zusammen die Lehre an – aber nun bist du dreiundzwanzig, und du hast sie nicht vergessen. Komm, gib das Geld zurück, wenn es dich quält. Ich kann es ja deinem Vater schicken.« Ich öffnete seine Hand wieder, sie war warm und naß von Schweiß, und ich steckte die Münzen und den Schein wieder in meine Rocktasche zurück.

»Geh jetzt«, sagte ich leise, aber er blieb stehen und sah mich an, wie er mich damals angesehen hatte, als herauskam, daß ich geklaut hatte: Er hatte es nicht geglaubt und mich verteidigt mit seiner hellen, eifrigen Jungenstimme, und er war mir damals – obwohl wir auf den Monat gleichaltrig waren – vorgekommen wie ein sehr viel jüngerer Bruder, der die Prügel einsteckt, die man selbst verdient hat; der Alte hatte ihn angebrüllt und ihn zuletzt geohrfeigt, und ich hätte tausend Brote darum gegeben, wenn ich den Diebstahl nicht hätte zugeben müssen. Aber ich hatte ihn zugeben müssen; draußen auf dem Hof vor der Werkstatt, die schon im Dunkeln lag, unter der jämmerlichen 15-Watt-Birne, die lose in einer verrosteten Fassung hing und im Novemberwind schaukelte. Wolfs helle, protestierende Kinderstimme war von meinem winzigen Ja getötet worden, als der Alte mich fragte, und die beiden waren zusammen über den Hof in die Wohnung gegangen. Wolf hatte mich immer für das gehalten, was in seinem Kinderherzen ein »feiner Kerl« war, und es war schlimm für ihn gewesen, mir diesen Titel streichen zu müssen. Ich fühlte mich dumm und elend, als ich in der Straßenbahn ins Lehrlingsheim zurückfuhr: Ich hatte nicht eine Sekunde lang Gewissensbisse wegen der geklauten Kochplatten, die ich gegen Brot und Zigaretten getauscht hatte; ich hatte schon angefangen, mir über die Preise Gedanken zu machen. Es hatte mir nichts daran gelegen, von Wolf für einen feinen Kerl gehalten zu werden, aber es lag mir etwas daran, von ihm unberechtigterweise *nicht* dafür gehalten zu werden.

Am anderen Morgen hatte der Alte mich ins Büro rufen lassen, hatte Veronika hinausgeschickt, und seine dunklen Hände hatten verlegen mit der Zigarre gespielt, dann hatte er – was er sonst nie tat – seinen grünen Filzhut vom Kopf genommen und gesagt: »Ich habe Kaplan Derichs angerufen und erst jetzt erfahren, daß deine Mutter vor kurzem gestorben ist. Wir wollen nie mehr davon reden, nie mehr, hörst du? Nun geh.«

Ich ging, und als ich in die Werkstatt zurückkam, dachte ich: Wovon nicht mehr reden? Von Mutters Tod? Und ich haßte den Alten noch mehr als vorher: Ich kannte den Grund nicht, aber ich wußte, daß ich Grund hatte. Seitdem war nie mehr von der Geschichte gesprochen worden, nie mehr – und ich hatte nie mehr geklaut, nicht, weil ich das Klauen für unberechtigt gehalten hätte, sondern weil es mir schrecklich war, von ihnen noch einmal Mutters Tod wegen verziehen zu bekommen.

»Geh jetzt«, sagte ich zu Wolf, »geh.«

»Es tut mir leid«, sagte er, »es ... ich ...« Seine Augen sahen aus, als glaube er immer noch an feine Kerle, und ich sagte: »Es ist gut jetzt, denke nicht mehr daran und geh.«

Er sah jetzt aus, wie Männer aussehen, die mit vierzig Jahren das verlieren, was sie ihre Ideale nennen: ein bißchen schwammig schon und freundlich und selbst ein bißchen von dem, was sie feiner Kerl nennen.

»Was soll ich denn Vater sagen?«

»Schickt er dich?«

»Nein«, sagte er, »ich weiß nur, daß er sehr böse ist und

daß er versuchen wird, dich zu erreichen, um über den Tritonia-Auftrag mit dir zu reden.«

»Ich weiß noch nicht, was sein wird!«

»Weißt du es wirklich nicht?«

»Nein«, sagte ich, »wirklich nicht.«

»Stimmt es, was die Mädchen von Frau Flink sagten: daß du hinter einem Mädchen her bist?«

»Ja«, sagte ich, »es stimmt genau, was die Mädchen sagen: Ich bin hinter einem Mädchen her.«

»Mein Gott«, sagte er, »man dürfte dich nicht allein lassen, mit all dem Geld in der Tasche.«

»Man muß sogar«, sagte ich sehr leise, »geh jetzt, und bitte«, sagte ich noch leiser, »frage mich nicht mehr, was du deinem Vater sagen sollst.«

Er ging, und ich sah ihn draußen am Schaufenster vorbeigehen, mit herunterhängenden Armen, wie einen Boxer, der in einen aussichtslosen Kampf geht. Ich wartete, bis er um die Ecke der Korbmachergasse verschwunden sein mußte, dann stellte ich mich in die offene Ladentür und wartete, bis ich den Wickweberwagen in Richtung Bahnhof davonfahren sah. Ich ging in das Hinterzimmer zurück, trank den Kaffee im Stehen aus und steckte das dritte Brötchen in die Tasche. Ich blickte auf meine Armbanduhr, jetzt oben hin, wo die Zeit lautlos und langsam weitergeschoben wurde, und ich hoffte, es würde halb sechs oder sechs sein, aber es war erst vier. Ich sagte »Auf Wiedersehen« zu der jungen Frau hinter der Theke und ging zu meinem Auto zurück: Im Spalt zwischen den beiden Sitzen vorne sah ich eine weiße Spitze von dem Zettel, auf den ich mir morgens die Kunden notiert hatte, die ich alle hätte besuchen müssen. Ich öffnete die Autotür, zog den Zettel heraus, zerriß ihn und warf die Schnippel in die Gosse. Ich wäre am liebsten wieder auf die andere Straßenseite gegangen und wäre tief, tief unters Wasser versunken, aber ich errötete bei dem Gedanken daran, ging zur Tür des Hauses, in dem Hedwig wohnte, und drückte die Klingel; ich drückte zweimal, dreimal und noch einmal, und ich wartete auf das Geräusch des Summers, aber das Geräusch kam nicht, und ich drückte noch zweimal auf die Klingel, und wieder ging der Summer nicht, und ich hatte die Angst wieder, dieselbe Angst, die ich gehabt hatte, bevor ich zu Hedwig auf die andere Seite der Bahnsteigtreppe gegangen war – aber dann hörte ich Schritte, die nicht Frau Grohltas Schritte sein konnten, eilige Schritte, die Treppe herunter, durch den Flur, und Hedwig öffnete die Tür: Sie war größer, als ich sie in Erinnerung hatte, fast so groß wie ich, und wir erschraken beide, als wir plötzlich so nahe beieinander standen. Sie wich einen Schritt zurück, hielt aber die Tür auf, und ich wußte, wie schwer die Tür war, weil wir sie hatten aufhalten müssen, als wir die Maschinen für Frau Flink hineingetragen hatten, bis Frau Flink gekommen war und die Tür eingehakt hatte.

»Es ist ein Haken an der Tür«, sagte ich.

»Wo?« sagte Hedwig.

»Hier«, sagte ich, und ich klopfte oberhalb des Türknopfes von außen gegen die Tür, und ihre linke Hand und ihr Gesicht verschwanden für einige Augenblicke im Dunkel hinter der Tür. Das Licht fiel von der Straße hell auf sie, und ich sah sie mir genau an; ich wußte, daß es schrecklich für sie war, so angesehen zu werden, wie ein Bild angesehen wird, aber sie hielt meinen Blick fest, ließ nur die Unterlippe ein wenig hängen, und sie sah mich so genau an, wie ich sie ansah, und ich spürte, daß meine Angst weg war. Wieder spürte ich den Schmerz, mit dem dieses Gesicht in mich eindrang.

»Damals«, sagte ich, »waren Sie blond.«

»Wann, damals?« fragte sie.

»Vor sieben Jahren, kurz bevor ich von zu Hause wegging.«

»Ja«, sagte sie lächelnd, »damals war ich blond und blutarm.«

»Ich sah nach blonden Mädchen aus heute morgen«, sagte ich, »aber Sie haben die ganze Zeit hinter mir auf dem Koffer gesessen.«

»Nicht lange«, sagte sie, »ich hatte mich gerade hingesetzt, als Sie kamen. Ich habe Sie gleich erkannt, aber ich wollte Sie nicht ansprechen.« Sie lächelte wieder.

»Warum?« sagte ich.

»Weil Sie so ein böses Gesicht hatten, und weil Sie so erwachsen und so wichtig aussahen, und ich habe Angst vor wichtigen Leuten.«

»Was dachten Sie?« fragte ich.

»Oh, nichts«, sagte sie. »Ich dachte: Das ist also der junge Fendrich; auf dem Bild, das Ihr Vater hat, sehen Sie viel jünger aus. Man spricht nicht gut von Ihnen. Jemand hat mir erzählt, daß Sie gestohlen haben.« Sie wurde rot, und ich konnte deutlich sehen, daß sie nicht mehr blutarm war: Sie wurde so glühend rot, daß es mir unerträglich war, es zu sehen.

»Nicht«, sagte ich leise, »werden Sie nicht rot. Ich habe wirklich gestohlen, aber es ist sechs Jahre her, und es war – ich würde es wieder tun. Wer hat es Ihnen erzählt?«

»Mein Bruder«, sagte sie, »und er ist gar kein übler Kerl.«

»Nein«, sagte ich, »er ist gar kein übler Kerl. Und Sie haben daran gedacht, daß ich gestohlen habe, eben als ich weggegangen war.«

»Ja«, sagte sie, »ich habe daran gedacht, aber nicht lange.«

»Wie lange denn?« fragte ich.

»Ich weiß nicht«, sagte sie lächelnd, »ich habe auch an andere Dinge gedacht. Ich hatte Hunger«, sagte sie, »aber ich hatte Angst hinunterzugehen, weil ich wußte, daß Sie hier standen.«

Ich zog das Brötchen aus der Rocktasche, sie nahm es lächelnd, brach es schnell auf, und ich sah ihren weißen, kräftigen Daumen tief in den weichen Teig hineinsinken, wie in ein Kissen hinein. Sie aß einen Bissen, und bevor sie den zweiten nahm, sagte ich: »Sie wissen nicht, wer Ihrem Bruder von meinem Diebstahl erzählt hat?«

»Liegt Ihnen viel daran, es zu wissen?«

»Ja«, sagte ich, »sehr viel.«

»Es müssen die Leute sein, die Sie« – sie wurde rot –, »bei denen Sie es getan haben. Mein Bruder sagte: ›Ich weiß es aus erster Quelle.‹« Sie nahm den zweiten Bissen, sah an mir vorbei und sagte leise: »Es tut mir leid, daß ich Sie so weggeschickt habe, aber ich hatte Angst, und als ich es tat, dachte ich gar nicht an die Geschichte, die mein Bruder mir erzählt hatte.«

»Fast wünsche ich«, sagte ich, »ich hätte wirklich nichts gestohlen, aber das Dumme ist, daß es nichts weiter als eine Ungeschicklichkeit war. Ich war zu jung damals, zu bange – heute würde ich es besser machen.«

»Keine Spur von Reue in Ihnen, wie?« sagte sie und steckte wieder einen Bissen Brot in den Mund.

»Nein«, sagte ich, »keine Spur – nur, wie es herauskam, das war häßlich, und ich konnte mich nicht wehren. Und sie verziehen es mir – wissen Sie, wie herrlich es ist, etwas verziehen zu bekommen, das man gar nicht als eine Schuld empfindet?«

»Nein«, sagte sie, »ich weiß es nicht, aber ich denke mir, daß es schlimm ist. Sie haben nicht«, sagte sie lächelnd, »haben nicht zufällig noch Brot in der Tasche. Was machen

68

Sie damit? Füttern Sie die Vögel – oder haben Sie Angst vor einer Hungersnot?«

»Ich habe immer Angst vor einer Hungersnot«, sagte ich. »Möchten Sie mehr Brot?«

»Ja«, sagte sie.

»Kommen Sie«, sagte ich, »ich kaufe Ihnen welches.«

»Man könnte glauben, in der Wüste zu sein«, sagte sie, »ich habe seit sieben Stunden nichts gegessen und nichts getrunken.«

»Kommen Sie«, sagte ich.

Sie schwieg und lächelte nicht mehr. »Ich komme mit Ihnen«, sagte sie langsam, »wenn Sie mir versprechen, nicht mehr plötzlich und mit so vielen Blumen auf mein Zimmer zu kommen.«

»Ich verspreche es Ihnen«, sagte ich.

Sie beugte sich hinter die Tür und schlug den Haken mit der Hand hoch, und ich hörte den Haken gegen die Wand schlagen.

»Es ist nicht weit«, sagte ich, »nur um die Ecke, kommen Sie«, aber sie blieb stehen, hielt die zuschlagende Tür mit dem Rücken fest und wartete, bis ich vorangegangen war. Ich ging ein wenig vor ihr her, drehte mich manchmal um, und jetzt erst sah ich, daß sie ihre Handtasche mitgenommen hatte.

Hinter der Theke im Café stand jetzt ein Mann, der frischen Apfelkuchen mit einem großen Messer in Stücke schnitt: Das braune Gitterwerk aus Teig über dem grünen Apfelmus war frisch, und der Mann drückte das Messer vorsichtig in den Kuchen, um das Gitterwerk nicht zu zerstören. Wir standen schweigend nebeneinander vor der Theke und sahen dem Mann zu.

»Hier gibt es«, sagte ich leise zu Hedwig, »auch Hühnerbrühe und Gulaschsuppe.«

»Ja«, sagte der Mann, ohne aufzusehen, »können Sie haben.« Sein Haar war schwarz und dicht, da, wo es unter der Bäckermütze herauskam, und der Mann roch nach Brot, so wie Bäuerinnen nach Milch riechen.

»Nein«, sagte Hedwig, »keine Suppe. Kuchen.«

»Wieviel?« sagte der Mann; er machte den letzten Schnitt in den Kuchen, zog das Messer mit einem Ruck heraus und betrachtete lächelnd sein Werk. »Wetten«, sagte er, und sein schmales, dunkles Gesicht schrumpfte unter einem Lächeln zusammen, »wetten, daß die Stücke alle genau gleich groß und gleich schwer sind. Höchstens« – er legte das Messer weg –, »höchstens zwei, drei Gramm Unterschied, das ist unvermeidlich. Wetten?«

»Nein«, sagte ich lächelnd, »ich wette nicht; diese Wette würde ich verlieren.« Der Kuchen sah aus wie die Rosetten in den Kathedralen. »Aber sicher«, sagte der Mann, »sicher würden Sie verlieren. Wieviel wünschen Sie?«

Ich sah Hedwig fragend an. Sie lächelte und sagte: »Eins ist zu wenig, und zwei sind zuviel.«

»Einundeinhalb also«, sagte der Mann.

»Kann man das haben?« fragte Hedwig.

»Aber sicher«, sagte er, ergriff das Messer und schnitt eins von den Kuchenstücken genau in der Mitte durch.

»Für jeden also einundeinhalb«, sagte ich, »und Kaffee dazu.«

Die Tassen standen noch auf dem Tisch, an dem ich mit Wolf gesessen hatte, und auf meinem Teller lagen noch Krümel von den Brötchen. Hedwig setzte sich auf den Stuhl, auf dem Wolf gesessen hatte, ich zog die Zigaretten aus der Tasche und hielt sie ihr hin. »Nein, danke«, sagte sie, »vielleicht nachher.«

»Etwas«, sagte ich und setzte mich, »muß ich Sie noch fragen, etwas, das ich immer schon gerne Ihren Vater

gefragt hätte – aber ich war natürlich zu bange dazu.« –
»Was ist es?« sagte sie.

»Wie kommt es«, sagte ich, »daß Sie Muller heißen und
nicht Müller?«

»Ach«, sagte sie, »das ist eine dumme Geschichte, über
die ich mich schon oft geärgert habe.«

»Wieso?« sagte ich.

»Mein Großvater hieß noch Müller, er hatte aber viel
Geld, und sein Name war ihm zu ordinär, und er gab
wahnsinnig viel Geld dafür, um die beiden Pünktchen auf
unserem U auszumerzen. Ich bin wütend auf ihn.«

»Warum?«

»Weil ich lieber Müller hieße und das Geld hätte, das es
gekostet hat, die beiden unschuldigen Pünktchen zu töten.
Ich wünschte, ich hätte das Geld, dann müßte ich nicht
Lehrerin werden.«

»Werden Sie es nicht gern?« fragte ich.

»Auch nicht ungern«, sagte sie, »aber ich bin auch nicht
verrückt darauf, es zu werden. Aber Vater sagt, ich müßte es
werden, damit ich mich ernähren kann.«

»Wenn Sie wollen«, sagte ich leise, »werde ich Sie ernähren.«

Sie wurde rot, und ich war froh, daß ich es endlich gesagt
hatte und auf diese Weise hatte sagen können. Ich war froh
auch, daß der Mann hereinkam und den Kaffee brachte. Er
setzte die Kanne auf den Tisch, räumte das schmutzige
Geschirr weg und sagte: »Wollen Sie Sahne auf den
Kuchen?«

»Ja«, sagte ich, »bitte Sahne.«

Er ging, und Hedwig goß den Kaffee ein; sie war immer
noch rot, und ich blickte an ihr vorbei auf das Bild, das über
ihr an der Wand hing: Es war die Fotografie des Marmor-
denkmals einer Frau; ich war oft an dem Denkmal vorbei-

gefahren und hatte nie gewußt, wen es darstellte, und ich war froh, jetzt unter der Fotografie zu lesen: »Kaiserin-Augusta-Denkmal«, und zu erfahren, wer die Frau war.

Der Mann brachte den Kuchen. Ich tat mir Milch in den Kaffee, rührte um, brach mit dem Löffel ein Stück vom Kuchen, und ich war froh, als auch Hedwig anfing zu essen. Sie war nicht mehr rot, und sie sagte, ohne von ihrem Teller aufzusehen: »Eine merkwürdige Ernährung: viel Blumen und ein Brötchen, zwischen Tür und Angel gegessen.«

»Und später«, sagte ich, »Sahnekuchen und Kaffee – aber am Abend dann das, was meine Mutter ein vernünftiges Essen genannt hätte.«

»Ja«, sagte sie, »auch meine Mutter sagte, ich soll jeden Tag etwas Vernünftiges essen.«

»Vielleicht so gegen sieben«, sagte ich.

»Heute?« sagte sie.

Und ich sagte: »Ja.«

»Nein«, sagte sie, »heute abend kann ich nicht. Ich muß eine von Vaters Verwandten besuchen; sie wohnt in einem Vorort, und sie freut sich schon lange darauf, mich hier zu haben.«

»Gehen Sie gerne hin?« fragte ich.

»Nein«, sagte sie, »sie ist eine von den Frauen, die auf den ersten Blick sehen, wann man die Gardinen zuletzt gewaschen hat, und das Schlimme ist: Was sie sagt, stimmt ganz genau. Wenn sie uns hier sehen würde, würde sie sagen: Der will dich verführen.«

»Es stimmt genau«, sagte ich, »ich will Sie verführen.«

»Ich weiß«, sagte Hedwig – »nein, ich gehe nicht gerne zu ihr hin.«

»Gehen Sie nicht hin«, sagte ich, »es wäre schön, wenn ich Sie heute abend wiedersehen könnte. Man sollte zu Leuten, die man nicht mag, einfach nicht hingehen.«

»Gut«, sagte sie, »ich gehe nicht hin – aber wenn ich nicht hingehe, kommt sie zu mir und holt mich ab. Sie hat ein Auto und ist furchtbar tatkräftig, nein, entschlußstark, sagt Vater immer von ihr.«

»Ich hasse entschlußstarke Leute«, sagte ich.

»Ich auch«, sagte sie. Sie aß den Rest des Kuchens und kratzte mit dem Löffel die Sahne zusammen, die vom Kuchen heruntergerutscht war.

»Ich kann mich nicht entschließen, dorthin zu gehen, wo ich um sechs hingehen müßte«, sagte ich. »Ich wollte das Mädchen treffen, das ich einmal heiraten wollte, und ich wollte ihr sagen, daß ich sie nicht heiraten will.« Sie hatte die Kaffeekanne genommen, um noch einmal einzuschenken, hielt jetzt inne und sagte: »Hängt es von mir ab, ob Sie es ihr heute sagen werden oder nicht?«

»Nein«, sagte ich, »von mir allein, sagen muß ich es ihr in jedem Fall.«

»Dann gehen Sie hin und sagen es ihr. – Wer ist es?«

»Es ist die«, sagte ich, »deren Vater ich beklaut habe, und wohl auch die, die es dem erzählte, der es Ihrem Bruder erzählt hat.«

»Oh«, sagte sie, »das macht es doch sicher leicht.«

»Zu leicht«, sagte ich, »so leicht, daß es fast so sein wird, wie man ein Zeitungsabonnement abbestellt, wobei einem nicht die Zeitung, sondern nur die Botenfrau leid tut, die ein monatliches Trinkgeld weniger hat.«

»Gehen Sie hin«, sagte sie, »und ich werde nicht zu der Bekannten von Vater gehen. Wann müssen Sie weg?«

»Gegen sechs«, sagte ich, »aber es ist noch nicht fünf.«

»Lassen Sie mich allein«, sagte Hedwig, »suchen Sie ein Schreibwarengeschäft und kaufen Sie mir eine Postkarte: Ich habe denen zu Hause versprochen, jeden Tag zu schreiben.«

»Mögen Sie noch einen Kaffee?« fragte ich.

»Nein«, sagte sie, »aber geben Sie mir eine Zigarette.«

Ich hielt ihr die Schachtel hin, sie nahm eine Zigarette. Ich gab ihr Feuer, und ich sah noch, als ich im Laden stand und bezahlte, wie sie dort saß und rauchte; ich sah, daß sie selten rauchte, sah es daran, wie sie die Zigarette hielt und den Rauch ausstieß, und als ich noch einmal in das Zimmer zurückging, blickte sie auf und sagte: »Gehen Sie doch«, und ich ging wieder und sah nur noch, wie sie die Handtasche öffnete: Das Futter der Tasche war so grün wie ihr Mantel.

Ich ging die ganze Korbmachergasse durch, bog um die Ecke in die Netzmachergasse; es war kühl geworden, und in manchen Schaufenstern brannte schon Licht. Ich mußte noch durch die ganze Netzmachergasse gehen, ehe ich ein Schreibwarengeschäft fand. In dem Laden lag auf altmodischen Regalen alles unordentlich über- und nebeneinander, auf der Theke ein Kartenspiel, das offenbar jemand besichtigt und nicht für gut befunden hatte, er hatte die schadhaften Karten neben die aufgerissene Packung gelegt: ein Karo-As, auf dem das große Karo im Zentrum der Karte verblaßt war, und eine Pik-Neun, die einen Knick hatte. Auch Kugelschreiber lagen herum, neben dem Block, auf dem jemand sie ausprobiert hatte. Ich stützte meine Arme auf die Theke und betrachtete den Block. Schnörkel waren darauf, wilde Kringel, jemand hatte »Brunostraße« geschrieben, aber die meisten hatten ihre Unterschrift ausprobiert, und man sah den Anfangsbuchstaben noch den Ruck an, den sie sich gegeben hatten: »Maria Kählisch« las ich deutlich in einer festen runden Schrift, und ein anderer hatte geschrieben, so wie ein Stotterer spricht: »Robert B – – Robert Br – – Robert Brach« stand da, die Schrift war winklig, altmodisch und rührend, und es schien mir, es müßte ein alter Mann gewesen sein. »Heinrich« hatte je-

mand geschrieben und dann mit derselben Schrift »Vergiß-
meinnicht«, und jemand hatte mit einem dicken Füller
»Bruchbude« hingeschrieben. Endlich kam eine junge
Frau, die mir freundlich zunickte und das Kartenspiel mit
den beiden defekten Karten wieder in den Karton schob.

Ich ließ mir erst Ansichtskarten geben, fünf Stück; ich
nahm von dem Stapel, den sie mir hinlegte, die ersten fünf:
Es waren Bilder von Parks und Kirchen und ein Bild von
einem Denkmal, das ich noch nie gesehen hatte: Es hieß
Noldewohl-Denkmal, zeigte einen Mann in Bronze, der
einen Gehrock trug und in den Händen eine Papierrolle, die
er gerade entfaltete.

»Wer war wohl Noldewohl?« fragte ich die junge Frau
und gab ihr die Karte, die sie zu den anderen in den
Briefumschlag schob. Sie hatte ein sehr freundliches, rotes
Gesicht, trug die dunklen Haare in der Mitte gescheitelt
und sah aus, wie Frauen aussehen, die ins Kloster gehen
wollen.

»Noldewohl«, sagte sie, »war der Erbauer der Nordstadt.«

Ich kannte die Nordstadt. Hohe Mietshäuser versuchten
immer noch so auszusehen, wie im Jahre 1910 ein bürgerli-
ches Wohnhaus auszusehen hatte; Straßenbahnen kurvten
hier, grüne, breite Wagen, die mir so romantisch vorkamen,
wie meinem Vater im Jahre 1910 eine Postkutsche vorgekommen wäre.

»Danke«, sagte ich, und ich dachte: Dafür bekam man
also früher ein Denkmal.

»Wünschen Sie noch etwas?« sagte die Frau, und ich
sagte: »Ja, bitte geben Sie mir den Karton mit Schreibpa-
pier, den großen, grünen.«

Sie öffnete den Schaukasten, nahm den Karton aus dem
Fenster und pustete den Staub davon ab.

Ich sah ihr zu, wie sie Packpapier von einer Rolle zog, die hinter ihr an der Wand hing, und ich bewunderte ihre hübschen kleinen, ganz blassen Hände, und plötzlich nahm ich meinen Füller aus der Tasche, schraubte ihn auf und schrieb meinen Namen unter Maria Kählisch auf den Block, wo sie die Kugelschreiber ausprobiert hatten. Ich weiß nicht, warum ich es tat, aber es verlockte mich so sehr, auf diesem Stück Papier verewigt zu sein.

»Oh«, sagte die Frau, »wollten Sie vielleicht Ihren Halter gefüllt haben?«

»Nein«, sagte ich, und ich spürte, wie ich rot wurde, »nein, danke, er ist ganz frisch gefüllt.«

Sie lächelte, und es schien mir fast, als verstünde sie, warum ich es getan hatte.

Ich legte das Geld auf die Theke, nahm mein Scheckbuch aus der Rocktasche, füllte auf der Ladentheke einen Scheck über zweiundzwanzig Mark fünfzig aus, schrieb quer darüber: NUR ZUR VERRECHNUNG, nahm den Briefumschlag, in den die Frau die Postkarten getan hatte, steckte die Karten lose in die Tasche und tat den Scheck in den Umschlag. Es war ein Umschlag von der billigsten Sorte, so wie man sie vom Finanzamt oder von der Polizei zugeschickt bekommt. Wickwebers Adresse zerlief, als ich sie darauf schrieb, und ich strich sie durch und schrieb sie langsam noch einmal.

Ich nahm von dem Wechselgeld, das die Frau mir zugeschoben hatte, eine Mark, schob sie zurück und sagte zu der Frau: »Geben Sie mir Briefmarken, Zehner bitte und Notopfer.« Sie öffnete eine Schublade, nahm Briefmarken aus einem Heftchen und gab sie mir, und ich klebte zwei auf den Umschlag.

Ich hatte den Wunsch, noch mehr Geld auszugeben, ließ das Wechselgeld auf der Theke liegen und blickte mich suchend in den Regalen um; es lagen auch Kolleghefte da, wie wir sie in der Ingenieurschule gebraucht hatten: Ich suchte eins aus, das in weiches, grünes Leder gebunden war, und reichte es der Frau zum Einpacken über die Theke, und sie setzte wieder die Rolle mit dem Einwickelpapier in Bewegung – und ich wußte, als ich das kleine Päckchen nahm, daß Hedwig dieses Heft nie als Kollegheft benutzen würde.

Als ich durch die Netzmachergasse wieder zurückging, schien es mir, als würde dieser Tag nie zu Ende gehen: Ein wenig heller nur leuchteten die Lampen in den Schaufenstern. Ich hätte gern noch mehr Geld ausgegeben, aber keins der Schaufenster reizte mich, etwas zu kaufen; ich blieb nur etwas länger vor einem Sarggeschäft stehen, blickte auf die dunkelbraunen und schwarzen Kisten, die nur schwach beleuchtet waren, ging weiter und dachte an Ulla, als ich wieder in die Korbmachergasse einbog. Es würde mit ihr nicht so leicht sein, wie es mir eben erschienen war. Ich wußte es: Sie kannte mich schon lange, und sie kannte mich gut, aber ich kannte auch sie: Wenn ich sie küßte, hatte ich unter dem glatten, hübschen Mädchengesicht manchmal den Totenschädel gesehen, den ihr Vater einmal haben würde: einen Totenschädel, der einen grünen Filzhut trug.

Mit ihr zusammen hatte ich den Alten betrogen, auf eine schlauere und einträglichere Weise, als ich es mit den Kochplatten getan hatte: Mehr Geld und gutes Geld hatten wir verdient, indem wir Teile des Schrottes verschoben, den ich mit einer ganzen Kolonne von Arbeitern gewann, indem wir Ruinen ausschlachteten, die vor dem Abbruch standen; manche Räume, die wir auf hohen Leitern erreichten, waren völlig unzerstört gewesen, und wir hatten Badezimmer und Küchen gefunden, in denen jeder Ofen, jeder

Boiler, jede Schraube noch wie neu waren, jeder emaillierte Wandhaken, Haken, an denen oft noch die Handtücher hingen, Glasborde, auf denen Lippenstift und Rasierapparat noch nebeneinander lagen. Wannen, in denen noch Badewasser stand, in dem der Seifenschaum sich in kalkigen Flocken nach unten abgesetzt hatte, klares Wasser, auf dem noch die Gummitiere schwammen, mit denen Kinder gespielt hatten, die im Keller erstickt waren, und ich hatte in Spiegel geblickt, in die zuletzt Menschen geblickt hatten, die wenige Minuten später gestorben waren, Spiegel, in denen ich vor Zorn und Ekel mein eigenes Gesicht mit dem Hammer zerschlug – silberne Splitter fielen über Rasierapparat und Lippenstift; ich zog den Pfropfen aus der Badewanne, das Wasser fiel vier Stockwerke tief, und die Gummitiere sanken langsam auf den kalkigen Grund der Wanne.

Irgendwo stand eine Nähmaschine, deren Nadel noch in dem Stück braunen Leinens steckte, das eine Jungenhose hatte werden sollen, und niemand verstand mich, als ich sie durch die offene Tür, an der Leiter vorbei, nach unten kippte, wo sie auf Steinbrocken und gestürzten Mauern zerschellte; am liebsten aber zerschlug ich mein eigenes Gesicht in den Spiegeln, die wir fanden – die silbernen Splitter fielen wie eine klirrende Flüssigkeit hin. Bis Wickweber sich darüber zu wundern anfing, daß nie Spiegel in der Fledderware auftauchten – und ein anderer Gehilfe das Kommando über die Ausschlachtungsarbeiten bekam. Aber mich schickten sie hin, als der Lehrjunge abgestürzt war, der nachts in ein zerstörtes Haus geklettert war, um eine elektrische Waschmaschine zu holen: Niemand wußte sich zu erklären, wie er in den dritten Stock gekommen war, aber er war hingekommen, hatte die Maschine, die so groß war wie eine Nachtkommode, an einem Seil herunterlassen wollen und war hinabgerissen worden. Sein Handwagen stand noch da im Sonnenschein auf der Straße, als wir kamen. Polizei war da, und jemand war da, der mit einem Bandmaß die Länge des Seiles maß, den Kopf schüttelte, nach oben blickte, wo die Küchentür noch offenstand und ein Besen zu sehen war, der gegen die blaugetünchte Wand lehnte. Die Waschmaschine war aufgeknackt wie eine Nuß: Die Trommel war herausgerollt, aber der Junge lag wie unverletzt, in einen Haufen verfaulender Matratzen gestürzt, in Seegras begraben, und sein Mund war so bitter, wie er immer gewesen war: der Mund eines Hungrigen, der nicht an die Gerechtigkeit dieser Welt glaubte. Er hieß Alois Fruklahr und war erst drei Tage bei Wickweber. Ich trug ihn in den Leichenwagen, und eine Frau, die an der Straße stand, fragte mich: »War es Ihr Bruder?« Und ich sagte: »Ja, es war mein Bruder« – und ich sah am Nachmittag Ulla, wie sie den Federhalter in ein Faß mit roter Tinte tauchte und mit einem Lineal seinen Namen aus der Lohnliste strich: Es war ein gerader und sauberer Strich, und er war so rot wie Blut, so rot wie Scharnhorsts Kragen, Iphigenies Lippen und das Herz auf dem Herz-As.

Hedwig hatte den Kopf in die Hände gestützt, ihr grüner Pullover war hochgerutscht, und ihre weißen Unterarme standen prall auf dem Tisch wie Flaschen, zwischen deren Hälsen ihr Gesicht wie eingeklemmt war, und ihr Gesicht füllte die Rundung zwischen den sich verengenden Hälsen, ihre Augen waren dunkelbraun, aber mit einem hellen Gelb unterlegt, honigfarben fast, und ich sah meinen Schatten in ihre Augen fallen. Aber sie blickte weiter an mir vorbei: Sie blickte in den Flur hinein, den ich genau zwölfmal mit den neusprachlichen Arbeitsheften in der Hand betreten hatte, an den ich nur eine unklare und dumpfe Erinnerung hatte: rötliche Lincrusta – aber sie hätte auch dunkelbraun sein können, denn es fiel nicht viel Licht in diesen Flur; das Bild ihres Vaters mit der Studentenmütze und der wilden Unterschrift einer Onia ... der Geruch von Pfefferminztee, von Tabak – und ein Notenregal, auf dem ich einmal den Titel des zuoberst liegenden Heftes hatte lesen können: »Grieg – Anitas Tanz«.

Ich wünschte jetzt, ich hätte den Flur so genau gekannt, wie sie ihn kannte, und ich suchte in meiner Erinnerung nach Gegenständen, die ich vielleicht vergessen hatte: Ich schnitt meine Erinnerung auf, wie man sein Rockfutter aufschneidet, um die Münze, die man ertastet hat, herauszunehmen – eine Münze, die plötzlich unendlich kostbar wird, weil sie die letzte, die einzige ist: der Groschen für zwei Brötchen, für eine Zigarette oder für eine kleine Rolle Pfefferminz, deren weiße, hostienförmige Tabletten mit ihrer würzigen Süße den Hunger füllen können, wie man in die Lunge, die nicht mehr arbeiten kann, Luft pumpt. Staub hat man in der Hand, wenn man das Futter aufgeschnitten hat. Wollflusen, und der Finger gräbt nach der kostbaren Münze, von der man genau weiß, daß sie ein Groschen ist, von der man aber nun zu hoffen beginnt, daß es eine Mark sei. Aber es war nur ein Groschen, ich hatte ihn, und er war kostbar: Über dem Eingang – ich hatte es immer nur gesehen, wenn ich hinausgegangen war – hatte ein Herz-Jesu-Bild gehangen, mit einer Öllampe davor.

»Gehen Sie«, sagte Hedwig, »ich warte hier auf Sie. Wird es lange dauern?« Sie sagte es, ohne mich anzusehen.

»Dieses Café hier«, sagte ich, »wird um sieben geschlossen.«

»Wird es später als sieben?«

»Nein«, sagte ich, »sicher nicht. Sie werden hier sein?«

»Ja«, sagte sie, »ich werde hier sein. Gehen Sie.«

Ich legte die Postkarten auf den Tisch, die Marken daneben und ging, ging in die Judengasse zurück, stieg in mein Auto, warf die beiden Pakete mit den Geschenken für Hedwig auf die Sitze hinten. Ich wußte, daß ich mich die ganze Zeit über vor meinem Auto gefürchtet hatte, wie ich mich vor meiner Arbeit fürchtete; aber das Autofahren klappte, wie das Zigarettenrauchen geklappt hatte, als ich auf der anderen Straßenseite gestanden und auf die Haustür geblickt hatte. Das Autofahren klappte automatisch: Knöpfe waren zu drücken, Knöpfe zu ziehen: Hebel herunter-, Hebel heraufzuschieben. Ich fuhr Auto, wie man im Traum Auto fährt: Es ging glatt, ruhig und sauber, und es schien mir, als führe ich durch eine lautlose Welt.

Als ich über die Kreuzung Judengasse und Korbmachergasse fuhr, um in Richtung Röntgenplatz zu fahren, sah ich Hedwigs grünen Pullover in der Dämmerung tief hinten in der Korbmachergasse verschwinden, und ich drehte mitten auf der Straßenkreuzung und fuhr ihr nach. Sie lief, dann sprach sie einen Mann an, der mit einem Brot unter dem Arm über die Straße kam. Ich stoppte, weil ich so nahe war, und sah, wie der Mann mit Armbewegungen ihr etwas erklärte. Hedwig lief weiter, und ich folgte ihr langsam, als sie ein Stück durch die Netzmachergasse lief, hinter dem Schreibwarenladen, wo ich die Postkarten gekauft hatte, einbog, in eine dunkle und kurze Straße, die ich nicht kannte. Sie lief jetzt nicht mehr, die schwarze Handtasche baumelte in ihrer Hand, und ich drehte für einen Augenblick das Fernlicht auf, weil ich die Straße nicht überschauen konnte, und dann errötete ich vor Scham, als mein Scheinwerfer voll auf das Portal einer kleinen Kirche fiel, in die Hedwig gerade hineinging. Ich kam mir vor, wie sich jemand vorkommen muß, der einen Film dreht, mit seinem Scheinwerfer plötzlich in die Nacht schneidet und ein Paar erwischt, das sich umarmt.

3

Ich fuhr schnell um die Kirche herum, drehte dort und fuhr zum Röntgenplatz. Ich war pünktlich um sechs dort und sah Ulla schon vor dem Fleischerladen stehen, als ich von der Tschandlerstraße aus auf den Röntgenplatz einbog: Ich sah sie die ganze Zeit über, während ich, von anderen Autos eingeklemmt, mich nur langsam um den Röntgenplatz bewegte, bis ich endlich abbiegen und parken konnte. Sie hatte den roten Regenmantel an und den schwarzen Hut auf, und ich entsann mich, ihr einmal gesagt zu haben, wie gerne ich sie in dem roten Mantel sah. Ich parkte irgendwo, und als ich auf sie zulief, sagte sie als erstes: »Da darfst du nicht halten. Das kann dich zwanzig Mark kosten.« Ich sah an ihrem Gesicht, daß sie schon mit Wolf gesprochen hatte, schwarz beschattet war die rosige Haut. Zwischen zwei weißen Schmalzblöcken hinten im Schaufenster des Metzgerladens, über ihrem Kopf, zwischen Blumenvasen und marmornen Etageren stand eine Pyramide von Fleischkonserven, auf deren Etiketten mit knalligem Rot gedruckt war: »Corned beef«. »Laß das Auto«, sagte ich, »wir haben so wenig Zeit.«

»Unsinn«, sagte sie, »gib mir den Schlüssel. Drüben ist ein Platz frei geworden.«

Ich gab ihr den Schlüssel und sah ihr zu, wie sie in mein Auto stieg, es geschickt von der verbotenen auf die andere Seite dirigierte, wo gerade ein Auto abgefahren war. Dann ging ich zum Briefkasten an der Ecke und warf den Brief an ihren Vater ein.

»So ein Unsinn«, sagte sie, als sie zurückkam und mir den Schlüssel gab, »als ob du Geld zu verschenken hättest.«

Ich seufzte, und ich dachte an die Unendlichkeit einer langen, lebenslangen Ehe, die ich fast mit ihr geführt hätte; an die Vorwürfe, die in dreißig, in vierzig Jahren in mich hineingefallen wären, wie Steine in einen Brunnen fallen; wie erstaunt wäre sie gewesen, wenn das Echo der fallenden Steine geringer geworden, stumpfer, kurz – bis sie kein Echo mehr gehört und die Steine aus dem Brunnen herausgewachsen waren, und das Bild eines Brunnens, der Steine erbrach, verfolgte mich, als ich mit ihr um die Ecke aufs Café Joos zuging.

Ich sagte: »Hast du mit Wolf gesprochen?« Und sie sagte: »Ja.« Und ich faßte ihren Arm, als wir vor dem Café Joos standen, und sagte: »Müssen wir reden?«

»Oh, ja«, sagte sie, »wir müssen reden.« Sie schob mich ins Café Joos, und als ich den Filzvorhang beiseite schlug, wußte ich, warum ihr soviel daran lag, mit mir hier zu sitzen: Hier war ich so oft mit ihr und mit Wolf gewesen, schon in der Zeit, als ich noch mit Wolf in die Abendkurse ging, und auch später, als wir bestanden hatten und nicht mehr in die Ingenieurschule gingen, war das Café Joos unser Treffpunkt gewesen: Unzählige Tassen Kaffee hatten wir hier zusammen getrunken, unzählige Portionen Eis gegessen, und als ich Ullas Lächeln sah, wie sie neben mir stand und nach einem freien Tisch aussah, wußte ich, daß sie glaubte, mich in eine Falle gelockt zu haben: Hier waren die Wände, die Tische, die Stühle, die Gerüche und die Gesichter der Serviermädchen – das alles war auf ihrer Seite; hier würde sie auf einem Boden mit mir kämpfen, wo die Kulissen ihre Kulissen waren, aber sie wußte nicht, daß diese Jahre – drei oder vier mußten es sein – aus meiner Erinnerung gestrichen waren, obwohl ich gestern noch mit ihr hier gesessen hatte. Ich hatte die Jahre weggeworfen, wie man ein Andenken wegwirft, das einem in dem Augenblick, als man es einsteckte, so wertvoll und wichtig erschien: das Stückchen Gestein, oben am Gipfel des Montblanc aufgehoben, zur Erinnerung an den Augenblick, wo man plötzlich gewußt hat, was es heißt: Es schwindelte ihn – diesen grauen Steinbrocken, so groß wie eine Streichholzschachtel, der so aussieht wie Milliarden Tonnen Gestein auf dieser Erde – den man plötzlich aus dem Zug fallen läßt zwischen die Gleise, wo er sich mit dem Schotter mischt.

Am Abend davor waren wir spät noch dagewesen; sie hatte mich nach der Abendmesse abgeholt, und ich hatte mir hinten auf der Toilette die Hände gewaschen, die noch schmutzig waren von der Arbeit, ich hatte eine Pastete gegessen, Wein getrunken – und irgendwo, von den Geldscheinen nach unten gedrückt, mußte in der Hosentasche noch die Quittung liegen, die das Mädchen mir gegeben hatte, sechs Mark achtundfünfzig mußte darauf stehen, und ich sah das Mädchen, das sie mir gegeben hatte, hinten die Abendzeitungen an den Ständer hängen.

»Setzen wir uns?« fragte Ulla.

»Gut«, sagte ich, »setzen wir uns.«

Frau Joos stand hinter der Theke und ordnete mit einer silbernen Zange Pralinen in Kristallschalen. Ich hatte gehofft, wir würden daran vorbeikommen, von Frau Joos begrüßt zu werden; sie legt Wert darauf, das zu tun, weil sie »ein Herz für die Jugend hat« – aber nun kam sie hinter der Theke heraus, streckte beide Hände aus und drückte meine Handgelenke, weil ich in meinen Händen den Autoschlüssel und meinen Hut hielt, und rief: »Wie schön, Sie schon wiederzusehen«, und ich spürte, daß ich errötete, und blickte verlegen in ihre hübschen, oval geschnittenen Augen, in denen ich lesen konnte, wie sehr ich den Frauen gefalle. Der tägliche Umgang mit Pralinen, deren Hüterin sie ist, hat Frau Joos diesen ähnlich gemacht; sie sieht wie eine Praline aus: süß, sauber, appetitlich, und ihre zierlichen Finger sind vom Umgang mit der Silberzange her immer ein wenig gespreizt. Klein ist sie und hüpft wie ein Vögelchen, und die beiden weißen Haarsträhnen, die an beiden Schläfen nach hinten laufen, erinnern mich immer an gewisse Marzipanstreifen an gewissen Pralinen; in ihrem Kopf, diesem schmalen, eiförmigen Schädel, sitzt die ganze Pralinentopografie unserer Stadt: Sie weiß genau, welche Frau welche Pralinen bevorzugt; womit man wen erfreuen kann – und so ist sie die Ratgeberin aller Kavaliere, die Vertraute der großen Geschäfte, die an Feiertagen die Frauen ihrer großen Kunden mit Aufmerksamkeiten bedenken. Welche Ehebrüche bevorstehen, welche schon vollzogen sind, liest sie aus dem Verbrauch gewisser Pralinenmischungen ab; auch erfindet sie neue Mischungen, die sie mit viel Geschick in Mode bringt.

Sie gab Ulla die Hand, lächelte ihr zu; ich steckte den Autoschlüssel in die Tasche, und sie ließ von Ulla ab und gab mir noch einmal die Hand.

Ich blickte genauer in diese hübschen Augen und versuchte mir vorzustellen, wie sie wohl mit mir gesprochen hätte, wenn ich vor sieben Jahren gekommen und sie um Brot gefragt hätte – und ich sah diese Augen noch schmäler werden, hart und trocken wie die einer Gans, und ich sah diese reizenden, zierlich gespreizten Finger sich krampfen wie Krallen, sah diese weiche, gepflegte Hand runzelig und gelb von Geiz, und ich nahm meine so hastig aus der ihren, daß sie erschrak und kopfschüttelnd hinter ihre Theke zurückging, und ihr Gesicht sah jetzt aus wie eine Praline, die in den Dreck gefallen ist und aus der die Füllung langsam in die Gosse rinnt, keine süße, eine saure Füllung.

Ulla zog mich weg, und wir gingen an den besetzten Tischen vorbei über die rostroten Läufer nach hinten, wo sie zwei freie Stühle gesehen haben mußte. Es war kein Tisch frei, nur diese beiden Stühle an einem Tisch für drei Personen. Es saß ein Mann da, der eine Zigarre im Mund hielt und in einer Zeitung las: Wenn er ausatmete, kam feiner Rauch hellgrau vorne durch die Asche heraus, und es fielen winzige Ascheteilchen auf seinen dunklen Anzug.

»Hier?« sagte ich.

»Es ist nichts anderes frei«, sagte Ulla.

»Ich meine«, sagte ich, »es wäre doch besser, in ein anderes Café zu gehen.«

Sie warf dem Mann einen haßerfüllten Blick zu, blickte sich um, und ich sah, wie triumphierend ihre Augen leuchteten, als in der Ecke ein Mann aufstand, der seiner Frau in den hellblauen Mantel half. Für sie – das spürte ich wieder, als ich hinter ihr herging – war es unsagbar wichtig, daß unsere Unterredung hier stattfand. Sie warf ihre Handtasche auf den Stuhl, auf dem noch ein Schuhkarton von der Frau mit dem hellblauen Mantel lag – und die Frau in dem hellblauen Mantel nahm kopfschüttelnd ihren Karton und ging hinter ihrem Mann her, der zwischen den Tischen stand und dem Serviermädchen die Zeche bezahlte.

Ulla schob das schmutzige Geschirr zusammen, setzte sich auf den Stuhl in der Ecke. Ich setzte mich auf den Stuhl daneben, nahm meine Zigaretten aus der Tasche und hielt sie ihr hin; sie nahm, ich gab ihr Feuer, zündete auch mir eine Zigarette an und blickte auf die schmutzigen Teller, auf denen noch Buttercremereste klebten, Kirschkerne lagen, auf den grauen, milchigen Rest in einer der Kaffeetassen.

»Ich hätte es wissen müssen«, sagte Ulla, »als ich dich in der Fabrik beobachtete, durch die gläserne Wand hindurch, die die Buchhalterei von der Fabrik trennt. Wie du mit den kleinen Arbeiterinnen umgingst, um ein Stück von ihrem Frühstücksbrot zu bekommen: eine war ein häßliches kleines Ding, eine von den Ankerwicklerinnen, sie war ein wenig rachitisch, hatte ein ungesundes, pickeliges Gesicht – sie gab dir die Hälfte ihres Marmeladenbrotes, und ich beobachtete dich, wie du es in den Mund stecktest.«

»Was du nicht weißt, ist, daß ich sie sogar küßte und mit ihr ins Kino ging und im Dunkeln ihre Hände hielt; und daß sie starb in den Tagen, als ich die Gesellenprüfung machte. Und daß ich einen ganzen Wochenlohn für Blumen ausgab, die ich auf ihr Grab brachte. Ich hoffe, daß sie mir das halbe Marmeladenbrot verziehen hat.«

Ulla sah mich schweigend an, schob dann das schmutzige Geschirr noch weiter weg, und ich schob es wieder zurück, weil ein Teller fast auf den Boden gefallen wäre.

»Ihr«, sagte ich, »habt es nicht einmal für nötig gehalten, einen Kranz zu ihrer Beerdigung zu schicken; nicht einmal eine Kondolenzkarte an ihre Eltern, ich nehme an, daß du nur mit roter Tinte einen sauberen und geraden Strich durch ihren Namen in der Lohnliste zogst.«

Das Serviermädchen kam, räumte die Teller und Tassen auf ein Tablett und sagte: »Kaffee, nicht wahr?«

»Nein«, sagte ich, »bitte für mich nicht.«

»Aber für mich«, sagte Ulla.

»Und für Sie?« sagte das Mädchen zu mir.

»Irgend etwas«, sagte ich müde.

»Bringen Sie Herrn Fendrich einen Pfefferminztee«, sagte Ulla.

»Ja«, sagte ich, »bringen Sie mir einen.«

»Mein Gott«, sagte das Mädchen, »wir haben doch keinen Pfefferminztee, aber schwarzen.«

»Ja, schwarzen bitte«, sagte ich, und das Mädchen ging.

Ich blickte Ulla an und war erstaunt, wie ich schon so oft erstaunt gewesen war, wenn dieser volle und hübsche

Mund so schmal und dünn wurde wie die Striche, die sie mit dem Lineal zog.

Ich nahm meine Uhr vom Arm, legte sie neben mich auf den Tisch; es war zehn nach sechs, und keine Minute später als Viertel vor sieben würde ich gehen. »Ich hätte die zwanzig Mark gerne bezahlt, um zwei Minuten länger mit dir zu reden, ich hätte dir die zwei Minuten gerne zum Abschied geschenkt, wie zwei besonders kostbare Blumen – aber du hast dich selbst darum bestohlen. Mir waren diese zwei Minuten zwanzig Mark wert.«

»Ja«, sagte sie, »du bist ein feiner Herr geworden, verschenkst Blumen, das Stück zu zehn Mark.«

»Ja«, sagte ich, »es schien mir der Mühe wert, da wir uns nie etwas geschenkt haben. Nie, nicht wahr?«

»Nein«, sagte sie, »wir haben uns nie etwas geschenkt. Mir ist eingeprägt worden, daß man sich Geschenke verdienen muß – und mir schien nie, daß du eins verdient hättest, und auch ich scheine nie eins verdient zu haben.«

»Nein«, sagte ich, »und das einzige, das ich dir geben wollte, obwohl du es nicht verdient hast, dieses einzige nahmst du nicht an. Und wenn wir ausgingen«, sagte ich leise, »vergaßen wir nie, uns einen Beleg für die Steuer geben zu lassen, abwechselnd einmal für euch und das andere Mal für mich. Und wenn es Quittungen für Küsse gäbe, du hättest sie in einem Ordner.«

»Es gibt Quittungen für Küsse«, sagte sie, »und du wirst sie eines Tages zu sehen bekommen.«

Das Mädchen brachte Ulla den Kaffee und mir den Tee, und es schien mir eine Unendlichkeit zu dauern, ehe die ganze Zeremonie vorüber war: dieses Hinstellen der Teller, der Tassen, der Milchkannen und Zuckerschalen, des Halters für das Tee-Ei, und es kam noch ein kleines Tellerchen, auf dem die kleine Silberkralle lag, die eine winzige Zitronenscheibe zwischen ihren Zähnen hielt.

Ulla schwieg, und ich hatte Angst, daß sie schreien würde; ich hatte es einmal gehört, wie sie schrie, als ihr Vater ihr die Prokura verweigerte. Die Zeit ging nicht weiter: Es war dreizehn Minuten nach sechs.

»Verflucht«, sagte Ulla leise, »tu wenigstens die Uhr weg.«

Ich deckte die Uhr mit der Speisekarte zu.

Es schien mir, als hätte ich das alles schon unzählige Male sehen, hören und riechen müssen, wie die Schallplatte, die die Leute, die über mir wohnten, jeden Abend zu einer bestimmten Zeit laufen ließen – wie einen Film, den man in der Hölle gezeigt bekommt: immer nur den einen, und diesen Geruch in der Luft, von Kaffee, von Schweiß, Parfüm, Likör und Zigaretten: Das, was ich sagte – das, was Ulla sagte, das war alles schon unzählige Male gesagt worden, und es stimmte nicht, die Worte schmeckten falsch auf der Zunge: Es schien mir wie das, was ich Vater vom Schwarzmarkt und von meinem Hunger erzählt hatte: Indem man es aussprach, stimmte es schon nicht mehr – und plötzlich entsann ich mich der Szene, wie Helene Frenkel mir das Marmeladenbrot gegeben hatte, so deutlich, daß ich den Geschmack der roten, ordinären Marmelade zu schmecken glaubte, und ich sehnte mich nach Hedwig und nach dem dunkelgrünen Schatten der Brücke, in dem Jürgen Brolaski verschwunden war.

»Ganz«, sagte Ulla, »verstehe ich es nicht, weil ich nicht verstehe, daß es Dinge gibt, die du nicht des Geldes wegen tust – oder hat sie Geld?«

»Nein«, sagte ich, »sie hat kein Geld – aber sie weiß, daß ich gestohlen habe; jemand von euch muß es jemand erzählt haben, der es ihrem Bruder erzählte. Auch Wolf hatte mich eben noch einmal daran erinnert.«

»Ja«, sagte sie, »es war gut, daß er es tat: Du bist so fein geworden, daß du wahrscheinlich zu vergessen anfingst, daß du Kochplatten klautest, um dir Zigaretten zu kaufen.«

»Und Brot«, sagte ich, »das Brot, das du, das dein Vater mir nicht gegeben hat – nur Wolf gab mir manchmal welches. Er wußte gar nicht, was Hunger war, aber er gab mir immer sein Brot, wenn wir zusammen arbeiteten. Ich glaubte«, sagte ich leise, »wenn du mir damals auch nur einmal ein Brot gegeben hättest, würde es unmöglich für mich sein, hier zu sitzen und so mit dir zu sprechen.«

»Wir bezahlten immer über Tarif, und jeder, der bei uns arbeitete, bekam sein Deputat und mittags eine markenfreie Suppe.«

»Ja«, sagte ich, »ihr bezahltet immer über Tarif, und jeder, der bei euch arbeitete, bekam sein Deputat und mittags eine markenfreie Suppe.«

»Du Schuft«, sagte sie, »du undankbarer Schuft.«

Ich nahm die Speisekarte von meiner Uhr weg, aber es war noch nicht halb sieben, und ich deckte die Speisekarte wieder über die Uhr.

»Studiere die Lohnlisten noch einmal durch«, sagte ich, »Listen, die du geführt hast, lies die Namen noch einmal – laut und andächtig, wie man eine Litanei liest –, rufe sie aus und sage hinter jedem Namen: Verzeih uns – dann addiere die Namen, multipliziere die Zahl der Namen mit tausend Broten – dieses Ergebnis wieder mit tausend: Dann hast du die Anzahl der Flüche, die auf dem Bankkonto deines Vaters ruhen. Die Rechnungseinheit ist das Brot, das Brot dieser frühen Jahre, die in meiner Erinnerung wie unter einem tiefen Nebel liegen: Die Suppe, die uns verabreicht wurde, kullerte flau in unserem Magen, heiß und sauer stieß sie uns auf, wenn wir abends in der Straßenbahn nach Hause schaukelten: Es war das Rülpsen der Machtlosigkeit, und der einzige Spaß, den wir hatten, war der Haß – Haß«, sagte ich leise –, »der längst aus mir herausgeflogen ist wie ein Rülpser, der hart im Magen gedrückt hat. Ach, Ulla«, sagte ich leise, und ich blickte sie zum ersten Male richtig an, »willst du mir wirklich einreden, mich glauben machen, daß es mit der Suppe und dem kleinen Lohnaufschlag getan war ... willst du das? Denke nur an die großen Rollen Ölpapier!«

Sie rührte in ihrem Kaffee, blickte mich wieder an, hielt mir ihre Zigaretten hin; ich nahm eine, gab ihr Feuer, zündete meine an.

»Es ist mir sogar gleichgültig, daß ihr von meinem sagenhaften Diebstahl diesen Leuten erzählt habt – aber willst du mich im Ernst glauben machen, daß wir nicht alle, alle, die wir in eurer Lohnliste standen, hin und wieder ein paar Extrabrote hätten haben dürfen?« –

Sie schwieg immer noch, blickte an mir vorbei, und ich sagte: »Ich klaute damals, wenn ich zu Hause war, meinem Vater Bücher, um mir Brot zu kaufen, Bücher, die er liebte, die er gesammelt, für die er als Student gehungert hatte – Bücher, für die er den Preis von zwanzig Broten bezahlt hatte, verkaufte ich um den Preis eines halben: Das ist der Zinssatz, den wir bekommen: minus zweihundert bis minus unendlich.«

»Auch wir«, sagte Ulla leise, »auch wir bezahlen Zinsen – Zinsen«, sagte sie noch leiser, »die du nicht kennst.«

»Ja«, sagte ich, »ihr zahlt sie, und ihr wißt nicht einmal genau, wie hoch der Prozentsatz ist – aber ich, ich nahm die Bücher wahllos, wählte sie nur nach der Dicke aus; mein Vater hatte so viele, daß ich glaubte, es würde nicht auffallen – erst später wußte ich, daß er jedes einzelne genau kennt wie ein Hirte seine Herde –, und eins dieser Bücher war winzig und schäbig, häßlich war es – ich gab es um den Preis einer Schachtel Zündhölzer ab –, aber später erfuhr ich, daß es soviel wert war wie ein ganzer Waggon Brot. Später bat mein Vater mich, und er errötete, als er es mir sagte, ich solle ihm den Verkauf der Bücher überlassen – und er verkaufte sie selbst, schickte mir das Geld, und ich kaufte mir Brot ...« Sie zuckte zusammen, als ich »Brot« sagte, und jetzt tat sie mir leid. »Schlag mich, wenn du willst«, sagte sie, »schütte mir den Tee ins Gesicht – rede, rede weiter, du, der du gar nicht reden wolltest – aber bitte sprich das Wort ›Brot‹ nicht mehr aus: Schenk es mir, es hören zu müssen ... bitte«, sagte sie, und ich sagte leise: »Entschuldige – ich werde es nicht mehr sagen.« Ich sah sie wieder an und erschrak: Die Ulla, die dort saß, veränderte sich unter meinen Worten, unter meinen Blicken, unter der Wirkung des kleinen Zeigers, der unter der Speisekarte weiterbohrte: Sie war nicht mehr die, für die meine Worte bestimmt gewesen waren. Ich hatte geglaubt, sie würde viel reden und auf eine gleichgültige Weise recht haben – aber nun hatte ich viel geredet, und ich war es, der auf eine gleichgültige Weise recht hatte.

Sie sah mich an, und ich wußte, daß sie später, wenn sie zu Hause an der dunklen Werkstatt vorbei ins Haus ihres Vaters, wenn sie zwischen Büschen durch über den Kiesweg unter dem Holunderbusch hergehen würde: daß sie tun würde, was ich am wenigsten von ihr erwartet hätte: daß sie weinen würde, und eine weinende Ulla war eine, die ich nicht kannte.

Ich hatte geglaubt, sie würde triumphieren, aber nun triumphierte ich, und ich spürte den sauren Geschmack des Triumphes auf meiner Zunge.

Sie hatte den Kaffee nicht angerührt, spielte mit dem

Löffel, und ich erschrak über ihre Stimme, als sie sagte: »Ich würde dir gerne einen Blankoscheck geben, damit du dir die Flüche von unserem Konto abheben kannst. Es ist schön zu wissen, daß du alle die Jahre über diese Dinge gedacht, die Flüche gezählt hast, ohne es mir zu sagen.«

»Ich habe es nicht all die Jahre über gedacht«, sagte ich, »es ist anders: Heute, vielleicht hier erst, fielen sie mir ein: Du schüttest roten Farbstoff in eine Quelle, um herauszufinden, wie weit ihr Aderwerk reicht, aber es kann Jahre dauern, ehe du irgendwo, wo du es nicht vermutet hast, das rotgefärbte Wasser findest. Heute bluten die Bäche, erst heute weiß ich, wo meine rote Farbe geblieben ist.«

»Du könntest recht haben«, sagte sie, »auch ich weiß erst heute, erst jetzt, daß mir das Geld gleichgültig ist: Es würde mir nichts ausmachen, dir einen zweiten Blankoscheck zu geben und einen Kontoauszug dazu, und du könntest dir abheben, soviel du wolltest, es würde mir nicht weh tun – und ich habe immer geglaubt, es würde mir weh tun. Vielleicht hast du recht – aber es ist alles zu spät.«

»Ja«, sagte ich, »es ist zu spät – man sieht, wie das Pferd durchs Ziel läuft, auf das man tausend Mark hatte setzen wollen – man hat den ausgefüllten Wettschein schon in der Hand, den weißen Zettel, der ein Vermögen wert wäre, wenn man gesetzt hätte, aber man hat nicht gesetzt – und der Zettel ist wertlos; es hat keinen Sinn, ihn als Andenken aufzubewahren.«

»Man hat nur noch die tausend Mark«, sagte sie – »aber du würdest wahrscheinlich die tausend Mark mit dem Zettel in die Gosse werfen.«

»Ja«, sagte ich, »ich glaube, das würde ich tun.« Ich goß die Milch in den kalten Tee, preßte die Zitrone hinein und sah zu, wie die Milch dick wurde und in gelblichgrauen Flocken nach unten sank. Ich hielt Ulla die Zigaretten hin, aber sie schüttelte den Kopf, und auch ich hatte keine Lust zu rauchen, und ich steckte die Zigaretten weg. Ich lüpfte die Speisekarte von meiner Uhr ein wenig, sah, daß es zehn Minuten vor sieben war, und ich deckte die Speisekarte schnell wieder über die Uhr, aber sie hatte es gesehen und sagte: »Geh nur – ich bleibe noch.«

»Kann ich dich nicht nach Hause bringen?« sagte ich.

»Nein«, sagte sie, »ich bleib' noch hier. Geh nur.«

Aber ich blieb sitzen, und sie sagte: »Gib mir deine Hand«, und ich gab sie ihr. Sie hielt sie einen Augenblick fest, ohne sie anzusehen, ließ sie plötzlich wieder fallen, noch bevor ich daran dachte, daß sie loslassen würde, und meine Hand schlug gegen die Tischkante ...

»Verzeih«, sagte sie, »das wollte ich nicht – nein.« Ich spürte einen heftigen Schmerz in der Hand, aber ich glaubte ihr, daß sie es nicht mit Absicht getan hatte.

»Ich habe deine Hände oft beobachtet, wie sie das Werkzeug hielten, wie sie das Gerät anfaßten – wie du Apparate, die du gar nicht kanntest, auseinanderlegtest, ihre Arbeitsweise studiertest und sie wieder zusammensetztest. Man konnte sehen, daß du für diesen Beruf wie geschaffen bist und daß du ihn liebst – und daß es besser war, dich dein Brot verdienen zu lassen, als es dir zu schenken.«

»Ich liebe ihn nicht«, sagte ich, »ich hasse ihn wie der Boxer das Boxen haßt.«

»Geh jetzt«, sagte sie, »geh«, und ich ging, ohne noch etwas zu sagen, ohne mich umzusehen bis zur Theke, kehrte dann um und bezahlte dem Mädchen, zwischen den Tischen stehend, den Kaffee und den Tee.

4

Es war dunkel und immer noch Montag, als ich in die Judengasse zurückfuhr; ich fuhr schnell. Aber es war schon sieben, und ich dachte nicht daran, daß die Nudelbreite ab sieben Uhr für Autos gesperrt ist, und ich fuhr ratlos um sie herum, durch dunkle, unbebaute Straßen, und kam an der Kirche wieder heraus, wo ich Hedwig zuletzt gesehen hatte.

Mir fiel ein, daß beide, Hedwig und Ulla, »geh« zu mir gesagt hatten, »geh«.

Ich fuhr wieder an dem Schreibwarenladen, dem Sarggeschäft in der Korbmachergasse vorbei, und ich erschrak, als ich sah, daß in dem Café kein Licht mehr brannte. Ich wollte vorbeifahren, in die Judengasse hinein, sah im letzten Augenblick Hedwigs grünen Pullover im Eingang des Cafés, und ich bremste so heftig, daß das Auto schleuderte und über den Lehmstreifen rutschte, wo die Straße aufgerissen und wieder zugeworfen worden war; und meine linke Hand schlug gegen den Türgriff. Beide Hände taten mir weh, als ich ausstieg und im Dunkeln auf Hedwig zuging; sie stand da, wie die Mädchen dagestanden hatten, die mich manchmal angesprochen hatten, wenn ich abends durch eine dunkle Straße ging: ohne Mantel, mit dem grellgrünen Pullover, unter dem dunklen Haar das weiße Gesicht, und noch weißer – schmerzlich weiß – der kleine, blattförmige Ausschnitt ihres Halses, und ihr Mund sah aus, als sei er mit schwarzer Tusche aufgemalt.

Sie bewegte sich nicht, sagte nichts, sah mich nicht an, und ich nahm, ohne etwas zu sagen, ihre Hand und riß sie zum Auto hin.

Leute hatten sich gesammelt, denn mein Bremsgeräusch war wie ein Trompetenstoß in die stille Straße gefahren, und ich öffnete schnell die Tür, stieß Hedwig fast hinein, ging schnell auf die andere Seite und fuhr hastig davon. Erst eine Minute später, als wir längst hinter dem Bahnhof waren, hatte ich Zeit, sie anzusehen. Sie war totenblaß und hielt den Oberkörper gerade wie eine Statue.

Ich fuhr unter eine Laterne und hielt. Es war eine dunkle Straße, und der Lichtkreis der Laterne fiel in einen Park, schnitt ein rundes Stück Rasen aus der Dunkelheit heraus; es war ringsum still. »Ein Mann sprach mich an«, sagte Hedwig, und ich erschrak, weil sie immer noch wie eine Statue geradeaus blickte, »ein Mann. Er wollte mich mitnehmen oder mit mir gehen, und er sah so nett aus: Er hatte die Aktentasche unter dem Arm, und seine Zähne waren ein wenig gelb von Zigarettenrauch; er war alt, sicher fünfunddreißig, aber er war nett.«

»Hedwig«, sagte ich, aber sie blickte nicht zu mir hin, erst als ich ihren Arm packte, wandte sie den Kopf, und sie sagte leise: »Fahr mich nach Hause« – und mich ergriff die Selbstverständlichkeit, mit der sie in den Satz das Du eingeschlossen hatte.

»Ich fahre dich nach Hause«, sagte ich, »ach Gott.«

»Nein, bleib noch einen Augenblick stehen«, sagte sie. Und sie sah mich an, sah mich genau an, so genau, wie ich sie angesehen hatte, aber ich fürchtete mich jetzt, sie anzusehen. Schweiß brach mir aus, und ich spürte die Schmerzen in meinen beiden Händen – und dieser Tag, dieser Montag, erschien mir unerträglich, zu lang für einen einzigen Tag, und ich wußte, daß ich nicht aus ihrem Zimmer hätte hinausgehen sollen: Ich hatte das Land entdeckt und immer noch nicht mein Zeichen eingesetzt. Das Land war schön, aber es war auch fremd, wie es schön war.

»O Gott«, sagte sie leise, »ich bin so froh, daß du netter
bist als er. Viel netter, der Bäcker war gar nicht so nett, wie
er aussah. Punkt sieben schmiß er mich raus. Du hättest
nicht zu spät kommen dürfen. Fahr jetzt«, sagte sie. Ich fuhr
langsam, und die dunklen Straßen, durch die ich fuhr,
kamen mir vor wie Moorpfade, auf denen das Auto jeden
Augenblick versinken konnte; vorsichtig fuhr ich, als hätte
ich Sprengstoff geladen, und ich hörte ihre Stimme, spürte
ihre Hand auf meinem Arm und fühlte mich fast, wie sich
jemand fühlen muß, der die große Prüfung am Jüngsten Tag
bestanden hat.

»Fast wäre ich mit ihm gegangen«, sagte sie, »ich weiß
nicht, wie lange er noch hätte durchhalten müssen, aber er
hielt nicht durch. Heiraten wollte er mich, er wollte sich
scheiden lassen – und er hatte Kinder, und er war nett; aber
er lief weg, als der Scheinwerfer deines Autos in die Straße
fiel. Eine Minute nur stand er bei mir, hastig flüsternd, wie
Leute, die wenig Zeit haben – und er hatte wenig Zeit: eine
Minute, und ich lebte ein ganzes Leben an seiner Seite in
dieser Minute: Ich fiel in seine Arme, wieder aus seinen
Armen heraus: Ich bekam seine Kinder, ich stopfte seine
Strümpfe, ich nahm ihm abends, wenn er nach Hause kam,
die Aktentasche ab, küßte ihn, wenn die Haustür sich hinter
ihm geschlossen hatte; ich freute mich mit ihm über sein
neues Gebiß – und als er Gehaltserhöhung bekam, feierten
wir ein kleines Fest: Kuchen gab es, und wir gingen ins
Kino, und er kaufte mir einen neuen Hut, so rot wie
Kirschmarmelade; er tat das mit mir, was du mit mir hattest
tun wollen, und ich mochte seine ungeschickten Zärtlich-
keiten – ich sah ihn seine Anzüge wechseln, den Sonntags-
anzug zum Alltagsanzug machen, als er den neuen Sonn-
tagsanzug bekam – und auch dieser wurde tiefer gesetzt –
einen neuen Anzug bekam er, und die Kinder wurden groß,

trugen Hüte so rot wie Kirschmarmelade, und ich verbot ihnen, was mir immer verboten worden ist: im Regen spazierenzugehen. Ich verbot es ihnen aus demselben Grund, aus dem es mir verboten wurde: Weil die Kinder so schnell verderben im Regen ... Seine Witwe war ich, und ich bekam die Kondolenz von der Firma. Er war Kalkulator in einer Schokoladenfabrik – und abends verriet er mir, wieviel seine Firma an der Praline ›Jussupoff‹ verdiente; sie verdiente viel – und er gebot mir, darüber zu schweigen, aber ich schwieg nicht; im Milchgeschäft am nächsten Morgen schon verriet ich, wieviel seine Firma an der Praline ›Jussupoff‹ verdiente. Er hätte nur noch eine oder zwei Minuten durchhalten müssen, aber er hielt nicht durch: Er lief, lief schnell wie ein Hase, als dein Auto in die Straße einbog. ›Ich bin nicht ungebildet, Fräulein‹, sagte er zu mir.«

Ich fuhr noch langsamer, denn meine linke Hand schmerzte heftig, und die rechte fing an, ein wenig zu schwellen; ich fuhr in die Judengasse hinein, so langsam, als führe ich über eine Brücke, die einstürzen kann. »Was willst du hier?« fragte Hedwig, »willst du hier halten?«

Ich sah sie an, so ängstlich, wie der Mann sie angesehen haben muß.

»Wir können nicht auf mein Zimmer gehen«, sagte sie, »dort wartet Hilde Kamenz auf mich. Ich habe Licht in meinem Zimmer gesehen und ihr Auto vor meiner Tür.«

Ich fuhr langsam an der Haustür vorbei, dieser braunen Haustür, deren Bild ich wiedersehen würde, wenn es aus der Dunkelkammer kam: Bogenweise Haustüren – Haufen von Bogen mit Haustüren, wie Haufen neuer Briefmarken, die die Staatsdruckerei verließen.

Ein weinrotes Auto stand vor dieser Haustür.

Ich sah Hedwig fragend an.

»Hilde Kamenz«, sagte sie, »ist die Bekannte meines Vaters. Fahr um die Ecke; ich habe vom Fenster meines Zimmers aus gesehen, daß in der Nebenstraße eine Häuserlücke ist: Ich sah das dunkle Pflaster dort, mit dem braunen Lehmstreifen in der Mitte, und sah dich tot darauf liegen, denn ich hatte Angst, du würdest nie wiederkommen.«

Ich drehte und fuhr in die Korbmachergasse hinein, immer noch langsam, und mir schien, als könne ich nie mehr schnell fahren. Wenige Häuser hinter der Bäckerei war die Häuserlücke, und wir blickten auf die Hinterfront des Hauses, in dem Hedwig wohnte: Die großen Bäume verdeckten einen Teil, aber eine ganze, senkrechte Fensterzeile konnten wir sehen: im Erdgeschoß war das Fenster dunkel, im ersten Stock erleuchtet, und auch im zweiten Stock war es hell. »Mein Zimmer«, sagte sie, »wenn sie das Fenster öffnete, könnten wir ihre Silhouette sehen: Du wärst wie blind in diese Falle hineingelaufen – und sie hätte uns abgeschleppt in ihre Wohnung, eine wunderbare Wohnung, die schön ist, so wie Wohnungen schön sind, die aus Zufall schön sind – aber du siehst auf den ersten Blick, daß der Zufall nur geschickt arrangiert ist, und du fühlst dich, wie du dich fühlst, wenn du aus dem Kino kommst und ganz ergriffen bist von dem Film, und jemand sagt dann, noch im Hinausgehen, vor der Garderobe: Kein schlechter Film, nur die Musik war mäßig. – Da steht sie ...«

Ich blickte von Hedwig weg wieder zu ihrem Zimmer hin und sah die Silhouette einer Frau, die einen spitzen Hut trug, und obwohl ich ihre Augen nicht sehen konnte, glaubte ich zu wissen, daß sie auf unser Auto blickte, mit Augen, wie sie jene Frauen haben, die Ordnung in anderer Leute Leben bringen wollen. »Fahr nach Hause«, sagte Hedwig, »fahr ... ich habe solche Angst, daß sie uns hier unten erkennt, und wenn wir ihr in die Hände fallen, sitzen wir den ganzen Abend in dieser Wohnung, trinken einen ausgezeichneten Tee und haben nicht einmal die Hoffnung, daß ihre Kinder wach werden und die Mutter beschäftigen, denn die Kinder sind vorschriftsmäßig erzogen und schlafen von abends sieben bis morgens sieben. Fahr – und nicht einmal ihr Mann ist da: Er ist verreist; irgendwo richtet er gegen Honorare anderen Leuten Wohnungen ein, die aussehen, als seien sie durch Zufall schön. Fahr!« Ich fuhr, fuhr durch die Korbmacher-, die Netzmachergasse, überquerte langsam die Nudelbreite, ließ mich um den Röntgenplatz treiben, warf einen Blick in das Schaufenster des Fleischerladens, wo die Cornedbeef-Pyramide noch stand, und ich dachte wieder an Ulla und an die Jahre mit ihr: Diese Jahre waren eng geworden wie ein Hemd, das die Wäsche nicht überstanden hat – die Zeit aber seit Mittag, seit Hedwigs Ankunft, war eine andere Zeit.

Ich war müde, und meine Augen schmerzten, und als ich die lange und gerade Münchener Straße hinabfuhr, fuhr ich fast allein auf der rechten Seite, und auf der linken Seite drängten und überholten sich die Autos, hupten und kreischten triumphierend aneinander vorbei: Im Stadion mußte ein Boxkampf oder ein Radrennen gewesen sein: Dauernd war ich im Scheinwerferlicht der Autos auf der Gegenseite; grell stach ihr Licht in meine Augen, heller Schmerz, unter dem ich für Augenblicke stöhnte; es war wie ein Spießrutenlaufen an einer endlosen Reihe langer, sehr heller Lanzen vorbei, deren jede einzelne tief in mich eindrang mit der Qual ihres Lichts. Ich war wie gegeißelt mit Licht – und ich dachte an die Jahre, in denen ich morgens, wenn ich wach wurde, das Licht schon gehaßt hatte: Zwei Jahre lang hatte mich das Vorwärtskommen gereizt, und ich war jeden Morgen um halb sechs aufgestanden, hatte eine Tasse bitteren Tees getrunken, Formeln gebüffelt oder unten in meiner kleinen Kellerwerkstatt gebastelt, gefeilt und montiert, Konstruktionen erprobt, die das Stromnetz des Hauses oft sehr belasteten, daß die Leitung durchschmorte und ich oben im Hause empörte Stimmen um ihr Kaffeewasser schreien hörte. Der Wecker hatte neben mir auf dem Schreibtisch oder auf der Werkbank gestanden, und erst, wenn er klingelte, wenn es acht war, ging ich hinauf, duschte mich und ging in die Küche meiner Wirtin, um mein Frühstück zu holen – zwei und eine halbe Stunde schon hatte ich gearbeitet, ehe die meisten Menschen anfingen zu frühstücken. Ich hatte diese zweieinhalb Stunden gehaßt, manchmal auch geliebt, aber ich hatte sie nie ausfallen lassen. Aber ich hatte dann, wenn ich in meinem hellen Zimmer frühstückte, diese Geißelung des Lichtes gespürt, wie ich sie jetzt spürte.

Lang war die Münchener Straße, und ich war froh, als wir das Stadion hinter uns hatten.

Hedwig zögerte, sie zögerte nur einen Augenblick, als wir hielten: Ich hielt ihr die Autotür auf, gab ihr die Hand und taumelte vor ihr die Treppe hinauf.

Es war halb acht, und es schien mir, die Ewigkeit müßte ein Montag sein: Es war noch nicht elf Stunden her, seit ich das Haus verlassen hatte.

Ich horchte in den Flur hinein, hörte die Kinder meiner Wirtin beim Abendessen lachen, und ich sah jetzt, warum meine Füße, als ich die Treppe hinaufgegangen war, so schwer gewesen waren: Lehmklumpen hingen an meinen Schuhen, und auch Hedwigs Schuhe waren beschmiert mit dem Lehm von dem Graben in der Mitte der Korbmachergasse.

»Ich mach' kein Licht«, sagte ich zu Hedwig, als wir in mein Zimmer gingen. Meine Augen schmerzten so sehr.

»Nein«, sagte sie, »mach kein Licht«, und ich schloß die Tür hinter ihr.

Mattes Licht fiel ins Zimmer aus den Fenstern des gegen-überliegenden Hauses, und ich konnte auf dem Schreib-tisch die Zettel liegen sehen, auf denen Frau Brotig die Anrufe für mich notiert hatte. Die Zettel waren mit einem Stein beschwert; ich nahm den Stein, wog ihn in der Hand wie eine Wurfwaffe, öffnete das Fenster und warf ihn in den Vorgarten: Ich hörte, wie er im Dunkeln über den Rasen rollte und gegen den Abfalleimer schlug. Ich ließ das Fen-ster offen, zählte die Zettel im Dunkeln; sieben waren es, und ich zerriß sie und warf die Schnippel in den Papierkorb.

»Hast du Seife?« sagte Hedwig hinter mir. »Ich möchte mir die Hände waschen, das Wasser in meinem Zimmer war voller Rost und Dreck.«

»Die Seife liegt links auf dem unteren Bord«, sagte ich.

Ich nahm eine Zigarette aus der Packung, zündete sie an, und als ich mich umwandte, um das Zündholz auszupusten und in den Aschenbecher zu werfen, sah ich Hedwigs Gesicht im Spiegel: Ihr Mund sah aus wie der Mund, der auf den Löschpapierblock gedruckt war, an dem ich meine Rasierklingen abtrocknete – Wasser rauschte, und sie wusch ihre Hände; ich hörte, wie sie sie ineinander rieb. Ich wartete auf etwas, und ich wußte, auf was ich gewartet hatte, als es leise an meine Tür klopfte. Es war meine Wirtin, und ich ging rasch zur Tür, öffnete sie nur halb und schlüpfte zu ihr in die Diele hinaus.

Sie band sich gerade die Schürze ab, faltete sie zusammen, und jetzt erst, nach den vier Jahren, die ich bei ihr wohnte, jetzt erst sah ich, daß sie ein wenig Frau Wietzel glich, ein wenig nur, aber sie glich ihr. Jetzt auch sah ich zum ersten Male, wie alt sie ist: sicher vierzig, vielleicht mehr. Sie hatte eine Zigarette im Mund, schüttelte jetzt die Schürze, um zu hören, ob sie keine Zündhölzer in der Tasche habe; sie hatte keine, und auch ich schlug vergebens gegen meine Taschen, ich hatte meine im Zimmer gelassen, und ich gab ihr meine glühende Zigarette, sie hielt sie gegen ihre, atmete tief den Rauch ein und gab mir meine Zigarette zurück: Sie raucht, wie ich sonst nur Männer habe rauchen sehen, mit einer sehnsüchtigen Selbstverständlichkeit zieht sie den Rauch tief ein.

»War das ein Tag«, sagte sie – »ich habe zuletzt gar nicht mehr aufgeschrieben; es schien mir sinnlos, da Sie verschollen waren. Warum haben Sie die arme Frau in der Kurbelstraße vergessen?«

Ich zuckte die Schultern und sah in ihre grauen, ein wenig schrägen Augen.

»Haben Sie an die Blumen gedacht?«

»Nein«, sagte ich, »ich habe sie vergessen.«

Sie schwieg, drehte verlegen ihre Zigarette in der Hand, lehnte sich gegen die Wand, und ich wußte, daß es ihr schwerfiel, das zu sagen, was sie sagen wollte. Ich wollte ihr helfen, fand aber die Worte nicht; sie rieb sich mit der linken Hand über die Stirn und sagte: »Ihr Essen steht in der Küche.« Aber mein Essen stand immer in der Küche, und ich sagte »danke«, und ich sah an ihr vorbei und sagte leise in das Tapetenmuster hinein: »Sagen Sie es.«

»Es steht mir nicht«, sagte sie, »es paßt mir nicht – und es quält mich, daß ich Ihnen sagen muß, daß ich nicht möchte – ich möchte nicht, daß das Mädchen über Nacht bei Ihnen bleibt.«

»Haben Sie sie gesehen?« fragte ich.

»Nein«, sagte sie, »aber ich habe Sie beide gehört: Es war so still und – nun, ich wußte plötzlich alles. Wird sie bei Ihnen bleiben?«

»Ja«, sagte ich, »sie ist – sie ist meine Frau.«

»Wo sind Sie mit ihr getraut worden?« Sie lächelte nicht,

und ich blickte in das Tapetenmuster hinein: in die orange-farbenen Triangeln. Ich schwieg.

»Ach«, sagte sie leise, »Sie wissen, daß ich es nicht gern sage, aber ich kann solche Dinge nicht ertragen. Ich kann nicht, und ich muß es Ihnen sagen, nicht nur sagen: Es geht nicht, ich ...«

»Es gibt Nothochzeiten«, sagte ich, »wie es Nottaufen gibt.«

»Ja«, sagte sie, »das sind so Tricks. Wir sind nicht in der Wüste und nicht in der Wildnis, wo es keine Priester gibt.«

»Wir«, sagte ich, »wir beide sind in der Wüste und wir sind in der Wildnis, und ich sehe weit und breit keinen Priester, der uns trauen würde.« Und ich schloß die Augen, denn sie schmerzten immer noch von der Geißelung durch die Scheinwerfer, und ich war müde, todmüde und spürte auch die Schmerzen in meinen Händen. Die orangefarbe-nen Triangeln tanzten vor meinen Augen.

»Oder kennen Sie einen?« fragte ich.

»Nein«, sagte Frau Brotig, »ich kenne keinen.«

Ich nahm den Aschenbecher, der auf dem Stuhl vor dem Telefon stand, drückte meine Zigarette aus und hielt ihr den Aschenbecher hin; sie schnickte die Asche von ihrer Ziga-rette hinein und nahm mir den Aschenbecher aus der Hand.

Ich war noch nie in meinem Leben so müde gewesen. Meine Augen fielen dauernd in die orangefarbenen Trian-geln hinein wie in Dornen, und ich haßte ihren Mann, der solche Sachen kauft, weil sie das sind, was er modern nennt.

»Ein wenig sollten Sie an Ihren Vater denken. Sie lieben ihn doch?«

»Ja«, sagte ich, »ich liebe ihn, und ich habe heute sehr oft an ihn gedacht« – und ich dachte wieder an Vater, sah ihn, wie er mit blutroter Tinte auf einen großen Zettel schrieb: »Mit dem Jungen reden.«

Ich sah Hedwig erst in den Augen meiner Wirtin: einen dunklen Strich in diesem freundlichen Grau. Ich wandte mich nicht nach ihr um, spürte ihre Hand auf meiner Schulter, ihren Atem, und ich roch, daß sie ihre Lippen geschminkt hatte: pomadige Süße. »Das ist Frau Brotig«, sagte ich, »und das ist Hedwig.« Hedwig gab Frau Brotig ihre Hand, und ich sah, wie groß Hedwigs Hände sind, wie weiß und wie kräftig, als die Hand von Frau Brotig in der ihren lag.

Wir schwiegen alle, und ich hörte einen Wasserhahn in der Küche tropfen, hörte die Schritte eines Mannes auf der Straße, hörte den Feierabend in seinem Schritt, und ich lächelte immer noch, lächelte, ohne zu wissen wie; denn ich, ich war zu müde, die winzige Bewegung der Lippen zu machen, aus der ein Lächeln entsteht.

Frau Brotig stellte den Aschenbecher wieder auf den Stuhl, der unter dem Telefon stand, warf ihre Schürze daneben, die Zigarettenasche stäubte hoch, und Aschepartikelchen senkten sich wie Puder auf den dunkelblauen Teppich. Sie zündete sich an der alten Zigarette eine neue an und sagte: »Manchmal vergesse ich, wie jung Sie noch sind, aber nun gehen Sie, ersparen Sie es mir, sie rauszusetzen – gehen Sie.«

Ich wandte mich um und zog Hedwig am Arm hinter mir her in mein Zimmer; ich tastete im Dunkeln nach meinem Autoschlüssel, fand ihn auf dem Schreibtisch, und wir gingen mit unseren schmutzigen Schuhen die Treppe wieder hinunter; ich war froh, daß ich das Auto nicht in die Garage gesetzt, sondern auf der Straße hatte stehenlassen. Meine linke Hand war fast steif, ein wenig geschwollen, und die rechte schmerzte heftig vom Schlag gegen die Marmorkante des Tisches im Café. Müde war ich und hungrig, und ich fuhr langsam in die Stadt zurück. Hedwig schwieg, sie hielt ihren Handspiegel vors Gesicht, und ich sah, daß sie nur auf das Spiegelbild ihres Mundes blickte, dann den Lippenstift aus der Handtasche nahm und ihren Mund langsam und mit festem Druck nachzog.

Immer noch war die Nudelbreite gesperrt, und es war noch nicht acht Uhr, als ich wieder an der Kirche vorbei in die Netzmachergasse, durch die Korbmachergasse fuhr und in der Häuserlücke vor der Bäckerei hielt.

Das Licht in Hedwigs Zimmer brannte noch; ich fuhr weiter, sah den weinroten Wagen noch vor der Haustür stehen und fuhr um den ganzen Block herum wieder bis zur Häuserlücke in der Korbmachergasse. Es war still und dunkel; wir schwiegen; mein Hunger kam, verging wieder, kam und ging wieder, lief wie die Wellen eines Erdbebens durch mich hin. Mir fiel ein, daß der Scheck, den ich Wickweber geschickt hatte, gar nicht mehr gedeckt war, und ich dachte daran, daß Hedwig mich nicht einmal nach meinem Beruf gefragt hatte, daß sie meinen Vornamen nicht kannte. Die Schmerzen in meinen Händen wurden heftiger, und wenn ich die gequälten Augen für Sekunden schloß, tanzte ich durch Ewigkeiten voll orangefarbener Triangeln.

Das Licht in Hedwigs Zimmer würde ausgehen, an diesem Montag, der noch vier Stunden Zeit hatte; das Motorengeräusch des weinroten Autos würde sich entfernen, schon glaubte ich zu hören, wie sich der Motor in die Nacht hineinbohrte, Stille und Dunkelheit hinter sich zurücklassend. Treppen würden wir hinaufgehen, Türen leise öffnen und schließen. Noch einmal blickte Hedwig auf ihren Mund; noch einmal zog sie ihn mit festen und langsamen Strichen nach, als sei er noch nicht rot genug, und ich wußte jetzt schon, was ich später erst wissen würde.

Nie vorher hatte ich gewußt, daß ich unsterblich und wie sterblich ich war: Ich hörte die Kinder schreien, die in Bethlehem ermordet worden sind, und in ihr Schreien mischte sich der Todesschrei Fruklahrs, ein Schrei, den niemand gehört hatte, der mein Ohr aber nun erreichte; ich roch den Atem der Löwen, die die Märtyrer zerrissen hatten, fühlte ihre Pranken wie Dornen in meinem Fleisch; ich schmeckte die Sole des Meeres, bittere Tropfen aus der tiefsten Tiefe, und ich sah in Bilder hinein, die über ihre Rahmen hinauswuchsen wie Wasser, das über die Ufer tritt – Landschaften, die ich nie gesehen, Gesichter, die ich nie gekannt hatte, und ich fiel durch diese Bilder hindurch auf Hedwigs Gesicht, prallte auf Brolaski, auf Helene Frenkel, auf Fruklahr, fiel durch diese Gesichter wieder hindurch auf Hedwig, und ich wußte, daß ihr Gesicht unvergänglich war, daß ich sie wiedersehen würde, mit einem Tuch vor dem Gesicht, das sie plötzlich abreißen würde, um ihr Gesicht Grömmig zu zeigen. Hedwigs Gesicht, das ich mit meinen Augen gar nicht sehen konnte, weil die Nacht so dunkel war, aber ich brauchte keine Augen mehr, um sie zu sehen.

Bilder kamen aus der Dunkelkammer herauf: Ich sah mich selbst wie einen Fremden mich über Hedwig beugen, und ich war eifersüchtig auf mich selbst; ich sah den Mann, der sie angesprochen hatte, seine gelben Zähne, seine Aktentasche, sah Mozart, wie er Fräulein Klontick, der Klavierlehrerin, die neben uns gewohnt hatte, zulächelte, und die Frau aus der Kurbelstraße weinte in alle Bilder hinein, und immer noch war Montag, und ich wußte, daß ich nicht vorwärtskommen wollte, zurückkommen wollte ich, wohin wußte ich nicht, aber zurück.

Keel, Achill, Juli-September 1955

HEINRICH BÖLL
DER BLASSE HUND

Erzählungen
Mit einem Nachwort von Heinrich Vormweg
Für den Druck eingerichtet von Viktor Böll
und Karl Heiner Busse
Leinen

Mit diesem Band werden rund ein Dutzend bisher unveröf-
fentlichter Erzählungen Bölls aus dem Nachlaß vorgelegt,
darunter zum ersten Mal ein Text des jungen Böll aus der
Vorkriegszeit.

KIEPENHEUER & WITSCH

Heinrich Böll
im dtv

»Man kann eine Grenze
nur erkennen, wenn man sie
zu überschreiten versucht.«
(Heinrich Böll)

Foto: Isolde Ohlbaum

Heinrich Böll
In eigener und anderer Sache

Schriften und Reden 1952 – 1985

Heinrich Böll hat seine Schriften und Reden immer als gleichberechtigten Teil seines Werkes angesehen. Seine Kommentare, Glossen und Rezensionen bilden ein kritisches Lesebuch zur deutschen Politik und Literatur der letzten vierzig Jahre.

Heinrich Böll:
Briefe aus dem
Rheinland
Schriften und Reden
1960–1963

dtv

Heinrich Böll:
Die »Einfachheit«
der »kleinen« Leute
Schriften und Reden
1978–1981

dtv

Alle Bände einzeln oder zusammen als Kassette erhältlich

Zur Verteidigung der Waschküchen
Schriften und
Reden 1952 – 1959
dtv 10601

Briefe aus dem Rheinland
Schriften und
Reden 1960 – 1963
dtv 10602

Heimat und keine
Schriften und
Reden 1964 – 1968
dtv 10603

Ende der Bescheidenheit
Schriften und
Reden 1969 – 1972
dtv 10604

Man muß immer weitergehen
Schriften und
Reden 1973 – 1975
dtv 10605

Es kann einem bange werden
Schriften und
Reden 1976 – 1977
dtv 10606

Die »Einfachheit« der »kleinen« Leute
Schriften und
Reden 1978 – 1981
dtv 10607

Feindbild und Frieden
Schriften und
Reden 1982 – 1983
dtv 10608

Die Fähigkeit zu trauern
Schriften und
Reden 1984 – 1985
dtv 10609

In eigener und anderer Sache
Schriften und
Reden 1952 – 1985
9 Bände in Kassette
dtv 5962